Urs Schönholzer

DER SCHRIFTSTELLER

NOVELLE

Urs Schönholzer

DER SCHRIFTSTELLER

EINE NOVELLE

Impressum

Bibliografische Information der Deutschen Nationalbibliothek: Die Deutsche Nationalbibliothek verzeichnet diese Publikation in der Deutschen Nationalbibliografie; detaillierte bibliografische Daten sind im Internet über

http://dnb.dnb.de abrufbar.

Die automatisierte Analyse des Werkes, um daraus Informationen insbesondere über Muster, Trends und Korrelationen gemäss §44b UrhG („Text und Data Mining") zu gewinnen, ist untersagt.

© 2025 Urs Schönholzer

Verlag: BoD · Books on Demand GmbH, Überseering 33, 22297 Hamburg, bod@bod.de

Druck: Libri Plureos GmbH, Friedensallee 273, 22763 Hamburg

ISBN: 978-3-8192-7767-2

Vorwort

Verehrte Leserinnen und Leser, diese Novelle markiert den Beginn meiner schriftstellerischen Reise mit einer Geschichte, die lange in meinem Inneren gewachsen ist.

Sie erzählt die fiktive Geschichte von Jean Baptiste, einem Schriftsteller, der in Ägypten an einem Roman arbeitet. Plötzlich jedoch wird er von seiner eigenen Romanfigur, George, besucht. Aus dieser überraschenden Begegnung entwickeln sich Dialoge, die oft so intensiv und persönlich erscheinen, sowie auch jene Gespräche mit Kellner Achmet, dass ich mich frage: Schreibe ich über Jean Baptiste – Achmet der Kellner - oder über mich selbst?

Diese Frage lasse ich offen. Es liegt an Ihnen, sich eigene Gedanken zu machen. Vielleicht entdecken Sie sogar etwas von sich selbst in der Geschichte, in den Gesprächen zwischen Jean Baptiste und George, in ihrem Ringen um das Sein und Nichtsein und möglicherweise auch um das, was dazwischen liegt. Denn ist es nicht gerade das, was uns Menschen immer wieder zum Nachdenken bringt? Die Suche nach dem, was sich jenseits der klaren Grenzen befindet, nach dem, was uns im Innersten antreibt und verbindet?

Ich lade Sie herzlich zum Lesen ein und wünsche dabei Freude, Inspiration und vielleicht die eine oder andere überraschende Erkenntnis.

Mit besten Grüssen

Urs Schönholzer

Prolog

Die Ankunft

Die heisse Luft schlägt Jean Baptist wie eine Wand entgegen, als er aus dem Bus steigt. Der kleine Mann mit der gedrungenen Statur, zupft seinen weissen Leinenanzug glatt und schiebt die Krempe seines Hutes tiefer ins Gesicht. Die Sonne steht hoch, ihr Licht glitzert auf dem türkisfarbenen Meer, mit seinem Schaum gekrönten Wellen. Der salzige Duft des Meeres verbreitet sich in wohltuender Weise.

Er ist ein kaum bekannter Schriftsteller, aus Neuchâtel Schweiz, der seinen neuen Roman am Roten Meer in Ägypten schreiben will, lässt seine skeptischen Blick über die beeindruckende Hotelfassade schweifen. Die Wände, geschmückt mit ägyptischen Ornamenten aus längst vergangener Zeit, erzählen von einer anderen Epoche. «Warum hier?» Fragt er sich. Doch er kennt die Antwort: In dieser Verbindung aus Geschichte und Gegenwart will er schreiben. Oder, vermutlich fliehen?

Als er die klimatisierte Lobby betritt, umfängt ihn ein Duft, der ihn innehalten lässt - Sandelholz und Jasmin. Die hohe Decke, verziert mit Bildern, aus der Pharaonenzeit, zieht seinen Blick in die Höhe, bis ihn eine ruhige Stimme aus den Gedanken reisst:

«Sind Sie Monsieur Jean Baptist?»

Er dreht sich um und sieht den Mann hinter der Rezeption:

«Ja, das bin ich.»

Seine Stimme klingt leiser, als er erwartet hat. Mit ruhiger Hand füllt er den vorgelegten Fragebogen aus, legt seinen Pass dazu und unterzeichnet das Dokument. Dann hebt er den Blick und zieht seine Augenbrauen hoch:

«Wäre es möglich, für diese Woche einen Tisch, Sonnenschirm und zwei Stühle auf der Klippe, vor meinem Bungalow bereitstellen zu lassen?»

Der Mann hinter der Rezeption zögert, kontaktiert den Hotelmanager, der schliesslich mit einem Nicken einwilligt.

Ein Hotel Boy begleitet Jean mit seinem Gepäck zu dem weiss getünchten Bungalow, der mit rosa Blüten bespickten Kletterpflanzen geschmückt ist. Von diesen steigt ein feiner Duft in die Nase. Dort angekommen, drückt Jean dem Boy ein Bakschisch in die Hand. Der Junge verneigt sich dankbar, murmelt ein leises:

«I thank you!»

Und geht mit einem Lächeln im Gesicht.

Jean öffnet die Tür zum Balkon. Das türkisfarbene Meer scheint ihn anzuziehen, als suche er dort die Antwort auf innere Fragen. Seine Gedanken wandern zu George, seiner Romanfigur.

In seiner Geschichte ist George ein Privatdetektiv, gutaussehend wie Humphrey Bogart, bekannt mit seinem unvergesslichen besonderen Blick.

Dieser sitzt in seinem schlichten Büro - ohne Geld - ohne Auftrag - wartend auf einen Auftrag in seinem blauen Nadelstreifenanzug und Borsellino-Hut. Einst erfolgreicher Polizist - warf ihn durch ein besonderes Geschehen aus der Bahn. Nun hält ihn die Arbeit als Privatdetektiv gerade so über Wasser.

Jean haucht George Leben ein, lässt ihn über das Leben, Hoffnung und den schmalen Grat zwischen Erfolg und Scheitern nachdenken. Doch während Jean selbst darüber sinniert, spürt er, dass etwas in der Luft liegt etwas, das bald geschehen wird.

Am Abend nimmt er auf der Terrasse des Hotels, erfüllt von Stimmen der Gäste und hektischem Treiben, sein Abendessen ein. Später, in seinem Bungalow, in seinem Bett, kreisen seine Gedanken: Was wird der morgige Tag bringen? Mit dieser Frage gleitet er langsam in den Schlaf.

Erster Tag

Eine Präsenz

Jean Baptist steht früh auf um die Kühle des Morgens, sein erster Tag für seine Arbeit, zu nutzen. Er sitzt an seinem kleinen Tisch auf der Klippe über dem Roten Meer thront.

Die Sonne taucht den Horizont in sanftes rosa gelb; ihre Strahlen sind noch nicht heiss genug, um auf seiner Haut zu brennen. Unter ihm brechen die Wellen mit seinem kraftvollen Rauschen gegen die Felsen.

Mit Elan tippt er seine Gedanken auf das Papier - auf einer kleinen - grauen Schreibmaschine, die längst ihre besten Tage hinter sich hat. Versunken in seiner Arbeit vergisst er die Welt um sich herum.

Nach stundenlangem Schreiben hat die Sonne ihren Zenit überschritten. Sie brennt gnadenlos auf alles herab, was ihrer Macht ausgesetzt ist. Jean sitzt da, gekleidet in einem weissen Hemd, weissen Leinenhosen und Sandalen. Sein Sonnenhut hängt lässig im Nacken.

Die Hitze dringt durch den Stoff, und er spürt, wie sie seine Haut langsam erhitzt. Sein Blick schweift über das Meer, das sich bis zum Horizont erstreckt. Der Himmel nimmt bereits die ersten zarten Farben des Abendrots an. Ein leichter Wind streift über die Klippen und bringt eine kurze Erleichterung, doch die Hitze bleibt unerbittlich. Der Schatten seines Sonnenschirms wird länger, während der Tag unaufhaltsam dem Abend entgegentritt. Manchmal wird er durch ein:

«Hallo!»

von vorbeigehenden Badegästen in die Realität zurück-
geholt. Er wendet sich gleich wieder der Schreibmaschine zu. Das rhythmische «Tack - Tack - Tack» der Tasten wird vom Tosen der Brandung verschluckt. Die
Worte, die er schreibt, erscheinen wie kleine Inseln im
Meer des Rauschens - für einen Moment bedeutend, um
dann wieder verloren zu gehen. Neben ihm steht ein
Stuhl, dessen Lehne gegen den Tisch lehnt, als ob er jemanden erwartete. Jean hebt den Kopf, blickt ins Leere.
Niemand ist da, und doch spürt er eine Präsenz, eine Erwartung, die er nicht erklären kann:

«Du bist noch nicht da»

murmelt er leise, als spräche er mit einer verborgenen
Gestalt in Raum und Zeit - offenbar auch mit sich selbst.

Ohne dass er es bemerkt, tritt Achmet der Kellner an ihn
heran, gekleidet mit einer weissen Thobe Kaftan, der an
ein bodenlanges Kleid erinnert, und eine Kufiya, der wie
ein locker gebundener Turban aussieht,

«Bonjour Monsieur Baptist. Ich bin Achmet der Chefkell-
ner, für den Bereich Strand Café. Wünscht Monsieur etwas zu trinken?»

Jean blickt überrascht auf:

«Woher wissen Sie meinen Namen? Übrigens eine Gute
Idee - Achmet bringen Sie mir einen du jus d'orange -
schön gekühlt. Am besten gleich einen Krug!»

«Nun Monsieur Baptist, es gehört zu meinen Aufgaben,
neue Gäste mit ihren Namen anzusprechen und für sie
da zu sein, wenn sie mich brauchen!»

Nachdem der Kellner verschwunden ist, wendet sich Jean erneut der Schreibmaschine zu und hämmert seine Inspirationen aufs Papier. Nach einer kurzen Zeit kommt Achmet mit einem Tablett, darauf stehend einen Krug Orangensaft und stellt ihn auf den Tisch. Mit einem kurzen verneigen geht Achmet zurück zum Strand-Café.

Nach einer verstrichenen Weile, weht Plötzlich ein unerwarteter Luftzug durch die stehende Hitze. Jean dreht sich um - und sieht einen Mann. Der Fremde trägt einen blauen Nadelstreifenanzug, der wirkt, als stamme er aus einer anderen Zeit. Der Stoff ist leicht abgenutzt, als hätte er Jahrzehnte überdauert. Seine blauen Augen funkeln - ein Gemisch aus Neugier und stiller Dringlichkeit. Jean erkennt ihn nicht sofort. Wer in Gottesnamen ist der Herr im Nadelstreifenanzug, und das noch in dieser Hitze? Plötzlich dämmert es ihm: Es ist George, die Hauptfigur seines Romans, sein Detektiv. Doch jetzt steht er da, lebendig, greifbar, als habe er die Grenzen zwischen Fiktion und Realität durchbrochen. Jean starrt ihn an, überwältigt von Unglauben – seine Gedanken sind:

«Wie kann das sein? Träume ich?»

George steht nur wenige Schritte entfernt, und doch scheint eine unüberwindbare Distanz zwischen ihnen zu liegen – eine - die nicht mit Schritten - sondern nur mit Verständnis überwunden werden kann.

«Was suchst du, George, warum kommst du?»

Fragt Jean schliesslich. George wendet sich langsam um, sein von der langsam untergehenden Sonne beleuchtetes Gesicht:

«Vielleicht dasselbe wie du - du bist nicht der Einzige - der sucht. Vielleicht such ich dasselbe wie du? Nach dem Sein oder nicht Sein? Aus diesem Grund drängt es mich dich zu besuchen!»

Nach einer Pause fügt er hinzu:

«Einen Sinn im Chaos des Lebens. Einen Grund zu suchen um weiterzugehen, auch wenn der Weg unsichtbar bleibt. Was meinst du – Jean - zu diesem Gedanken?»

Jean überlegt, schaut ihn an:

«Höchstwahrscheinlich bin ich nie aus meinen eigenen Worten darüber hinausgekommen. Vermutlich habe ich dich erschaffen, um etwas zu verstehen, dass ich in mir selbst nie zu finden wagte.»

Er lächelt leise; es ist ein kurzes, fast verzweifeltes Räuspern:

«Aber - du bist meine Figur - George. Deine Suche ist doch nicht nur ein Spiegel meiner eigenen Zweifel und Fragen! Wie kannst du unabhängig von mir etwas suchen?»

George tritt näher, jede Bewegung bedacht:

«Und wenn ich mehr bin? Wenn ich nicht nur ein Spiegel, sondern ein Fenster deiner selbst bin? Was siehst du, wenn du mich ansiehst? Dich selbst - oder etwas anderes?»

Jean bleibt stumm, getroffen von einer Frage, die tief in ihm widerhallt. Er sucht nach einer Antwort, doch die Worte entgleiten ihm wie Wasser, das durch seine Finger rinnt.

«Jean, anscheinend ist das die wahre Herausforderung des Lebens: Nicht Antworten zu finden, sondern solche Fragen zu verstehen»

äussert George - die Hände in den Hosentaschen. Jean setzt sich zurück an seinen Tisch und blickt auf die Schreibmaschine. Die Tasten wirken fremd, wie aus einer anderen Zeit:

«Aber was passiert, wenn ich dich loslasse? Wenn ich akzeptiere, dass du deinen eigenen Weg gehst?»

George lehnt sich zurück und blickt aufs Meer:

«Gut möglich passiert genau das, was passieren muss. Ich finde meinen Weg und du deinen.»

Die Worte klingen so endgültig, dass Jean zusammenzuckt. Es fühlt sich an, als würde George ihm etwas entreissen, das er nie bereit war loszulassen. Seine Stimme ist kaum mehr als ein Flüstern:

«Und wenn ich dies nicht kann?»

George beugt sich leicht vor, stützt die Hände auf den Tisch und sieht Jean mit einem sanften Blick an, der mehr berührt als jede Antwort:

«Ich glaube, du musst das nicht sofort können. Sicher reicht es – einfach anzufangen - und den Rest lässt du geschehen.»

Ein Windstoss weht über die Klippen und trägt den salzigen Duft des Meeres mit sich. Jean spürt, wie sich etwas in ihm löst - ein Widerstand, den er so lange getragen hat, dass er ihn kaum noch fühlte.

«Offenbar warst du nie wirklich Teil meiner Geschichte; scheinbar war ich immer Teil deiner!»

Bemerkt Jean leise. George lächelt:

«Vermutlich waren wir Teil von etwas, das grösser ist als wir beide.»

Die Sonne versinkt langsam hinter dem Horizont, und das Meer leuchtet in einem tiefen, brennenden Rot.

«Sehen wir uns morgen wieder George, es gäbe noch viele Fragen die offenstehen. Ich würde mich sehr freuen und es wäre für uns eine Bereicherung?»

Fragt Jean leise. George dreht sich ein letztes Mal um, wirft Jean einen bedeutungsvollen Blick zu und schreitet langsam die Klippen entlang. Dann, wie von einem unsichtbaren Wind getragen, beginnt er zu verblassen - bis er schliesslich ganz verschwindet. Jean schaut ihm nach, bis die Dunkelheit alles verschluckt. Schliesslich wendet er sich der Schreibmaschine zu, legt die Finger auf die Tasten und hält inne. Dieses Mal fühlt es sich anders an. Mit einem tiefen Atemzug beginnt er zu tippen, um die Resthelligkeit zu nutzen - unsicher, wohin die Worte ihn führen werden, aber bereit, den Weg zu gehen. So endet dieser erste Tag mit vielen offenen Fragen - für Jean, aber auch für George.

Zweiter Tag

Le petit déjeuner

Das Rote Meer glitzert im Licht der aufgehenden Sonne. Noch immer brechen die Wogen mit Schaumkronen an den Felsen, schäumen auf und erfüllen die Luft mit ihrer wilden Energie. Jean Baptist tritt aus seinem Bungalow hinaus auf den gepflegten Weg der Hotelanlage. Es ist der zweite Tag der Inspiration für Jean. Er bleibt stehen, schliesst die Augen und atmet tief ein. Die warme, salzige Luft mischt sich mit dem fernen Klang des Meeres, gemischt mit dem Blütenduft der Sträucher am Bungalow, um nahtlos sich mit seinen Gedanken zu verschmelzen. Wird George ihn wieder besuchen? Wird er dort anknüpfen, wo sie sich zuletzt verabschiedet haben?

Mit gemächlichen Schritten macht sich Jean auf den Weg zum Restaurant, die Krempe seines weissen Hutes tief in die Stirn gezogen, um sich vor der bereits brennenden Sonne zu schützen. Er passiert den Swimmingpool, wo bereits die ersten Gäste ihre reservierten Plätze eingenommen haben und sich der Sonne hingeben, um ihre nackten Körper zu bräunen, wie Fleisch auf dem Grill. Mit Kopfschütteln geht er weiter. Das Restaurant, ein grosser, kühler Saal, wirkt wenig einladend. Jean steuert direkt das Buffet an, das bereits mit vielen Gästen bevölkert ist.

Er ergattert ein Croissant, Butter und eine kleine Portion Marmelade, sorgfältig verpackt in einem kleinen, runden Aluminiumdöschen. Mit seinem Teller beladen, balanciert er seine Köstlichkeiten durch den Saal, darauf bedacht, nichts fallen zu lassen, und erreicht schliesslich seinen Tisch. Während er sich setzt und zu essen beginnt, beobachtet er das Chaos um sich herum. Kellner in wehenden Thawb hasten von Gast zu Gast, als hinge das Wohl der Welt von ihrer Eile ab.

Am Buffet herrscht Tumult; vordrängelnde Gäste ernten böse Blicke, die wie Pingpongbälle hin und her fliegen. Jean verfolgt das Treiben amüsiert, lässt seinen Blick über die Gäste schweifen - einige schmal und rank, andere, nun ja, über deren Erscheinung schweigt man besser.

Schliesslich kehrt er in sich zurück und verliert sich erneut in Gedanken. Wird George erscheinen? Worüber sollen sie sprechen?

Da reisst Achmet, der Kellner, ihn aus seinen Überlegungen:

«Bonjour, Monsieur Baptist! Möchten Sie einen Kaffee mit Milch?»

«Ach, du bist es, Achmet. Sehr aufmerksam – ja gerne. Und könnten Sie bitte diesen Schreihals nebenan ruhigstellen, indem Sie ihm ein Pflaster über seinem Mund kleben!»

Achmet blickt ihn verdutzt an, dann beginnt er zu grinsen:

«Ah, Monsieur, Sie haben einen ausgezeichneten Humor, ich weiss nicht ob ich ein so grosses Pflaster finden werde!»

Er wendet sich ab, um den Kaffee für Monsieur Baptist zu holen. Genüsslich bestreicht er sein Croissant mit Butter und Marmelade um danach dieses Teil in seinen

Mund zu schieben. Er überlegt, ob er mal einen Roman: »Ferien am Roten Meer» schreiben solle.

Nach seinem ergiebigen le petit déjeuner, zupft er sich die Serviette aus dem Kragen klopft sich genüsslich auf seinen dicken Bauch, steht auf und geht langsam seinen Weg zurück zum Bungalow.

Der Dialog im Moment

Im Bungalow angekommen macht er sich schnell parat um so rasch wie möglich mit dem Schreiben fortzufahren und weiter mit George über das Sein und Nichtsein - aber auch über das, was dazwischen liegt - zu sinnieren. Mit einer gewissen Aufregung schnappt er sich seine Schreibmaschine und macht sich auf den Weg zur Klippe, wo Sonnenschirm, Tisch und Stühle ihn bereits erwarten. Als er seinen Schreibort erreicht, tritt er an den Rand der Klippe und blickt hoffnungsvoll auf das Meer hinaus, das seine schaumgekrönten Wellen gegen die Felsen unter ihm wirft. In Gedanken vertieft hört er seinen Namen von einer vertrauten Stimme, die ihm inzwischen wohlbekannt ist - es ist George! Mit Schweissperlen auf seiner runzeligen Stirn blickt er fragend zu ihm:

«Welche Gedanken bewegen dich, dass du mich tatsächlich wieder besuchst?»

Während George auf den Klippenrand zugeht, hebt er leicht die Schultern und spricht:

«Du hast mich mit deinem Geist zum Leben erweckt, sodass ich dir die Frage stellen muss: Wer bin ich? Was bin ich? Und woher komme ich? Solange du mir dies nicht beantworten kannst, lösche mich aus der Geschichte und aus deinen Gedanken!»

«Das erschreckt mich - dich aus einer Geschichte zu löschen. Das ist ein Gedanke, den ich nicht akzeptieren kann. Das käme einem Mord gleich!»

Antwortet Jean mit aufgeregter erhobenerer Stimme, steht auf und tritt langsam näher zu George:

«Wenn ich dich aus dem Roman entferne, kann diese Geschichte nicht mehr zu Ende geführt werden. Du bist die Hauptfigur. Was wirst du tun, wenn du nicht mehr Teil meiner Erzählung und Gedanken bist?»

George dreht sich um und schaut fragend zurück.

«Jean, hast du Verständnis dafür, dass ich gerne wüsste, wer ich bin und warum du mich mit deinem Geist geschaffen hast? Vielleicht werde ich dann endlich - ich selbst sein. Vermutlich habe ich nie gewusst, was es bedeutet, ich selbst zu sein. Du erzwingst mir einen Weg in deinem Roman - ich möchte meinen eigenen finden!»

Jean spürt, wie seine Worte wie ein Echo in der Luft verhallen. Der Moment scheint stillzustehen, und doch fühlt er, wie in ihm die Worte wie eine Flutwelle emporsteigen. Es gibt keine festen Linien mehr, keine klaren Grenzen zwischen dem, was er erschaffen hat, und dem, was jetzt real ist. George ist nicht mehr nur ein Bild, das sich in seinem Kopf bewegt - er steht vor ihm, blickt ihn an, als ob er wirklich lebt, ein lebendiges Wesen. Plötzlich spürt Jean eine Verantwortung, der er sich stellen muss:

«George, ich kann dich gut verstehen. Ich werde versuchen, auf das einzugehen, was dich bewegt. Ich kann dir nicht versprechen, dass ich auf all deine Fragen eine Antwort finden werde. Aber was passiert, wenn du alles weisst und doch keinen Weg findest?»

Fragt Jean, plötzlich unsicher:

«Was passiert, wenn du dich verlierst, weil du zu viel Freiheit hast?»

Wiederholt George nachdenklich.

«Das ist auch eine Art, den eigenen Weg zu finden, oder? Dem Anschein nach liegt der Weg nicht in dem, was du mir vorgibst, sondern in dem, was ich selbst aus mir mache. Wie es scheint, muss ich erst in den Abgrund blicken, um den Weg zu finden.»

Jean Baptist spürt eine kalte Brise, die von der Meeresoberfläche herüberweht. Er schliesst kurz die Augen, als würde er versuchen, Georges Worte zu begreifen. Die Ungewissheit, die George nun ausstrahlt, ist nicht mehr nur ein Gedanke - sie ist die lebendige Frage, die im Raum schwebt:

«Glaubst du wirklich, dass es keinen festen Plan gibt? Dass du nicht zu dem bestimmten Punkt gelangst, den ich dir vorgegeben habe?»

Mit hochgezogenen Augenbrauen schaut Jean George fragend an.

«Wie es scheint, gibt es keinen festen Plan. Denkbar ist, dass es nur den Moment gibt - den Augenblick, in dem du erkennst, dass du nicht mehr an einem Punkt ankommst. Du bist der Weg selbst.»

George's Worte klingen wie eine Offenbarung. Jean Baptist spürt, wie sie in ihm nachhallen, wie die Brandung an der Klippe. Die Geschichte, die er zu erzählen glaubt, scheint sich plötzlich aufzulösen, als ob sie von selbst aus dem Sand gefegt würde. Es gibt keine klare Richtung mehr, keine vorherbestimmte Handlung - es gibt nur das Jetzt. Jean Baptist verschränkt seine Arme vor der Brust und redet mit leiser, klingender Stimme zu George:

«Möglicherweise habe ich nicht wirklich verstanden, was du meinst. Es ist möglich, dass ich dich nur als eine

Erweiterung von mir selbst sehe - eine Idee, die zu leben beginnt, aber noch immer in meinen Händen liegt.»

Fragend tritt George einen Schritt näher:

«Und was passiert, wenn du dich selbst verlierst? Wenn du erkennst, dass du genauso fragil bist, wie jede Figur, die du erschaffst?»

Jean Baptist blickt ihm in die Augen und fühlt, wie das Gewicht dieser Frage ihn durchdringt:

«Es ist vorstellbar, dass ich nie gewusst habe, was es heisst, wirklich zu leben. Zweifelsfrei habe ich immer nur darauf gewartet, dass du deine Rolle spielst - ohne zu begreifen, dass du auch eine eigene Realität hast»

meint Jean, als würde er sich selbst entdecken.

George spricht ruhig:

«Ich habe nicht gewusst, dass ich eine Rolle spiele. Ich habe immer geglaubt, ich wäre der, der ich bin. Jetzt merke ich, dass ich mehr bin. Und ich muss herausfinden - wer ich wirklich bin - ausserhalb deiner Worte.»

«Und wie findest du das heraus?»

fragt Jean.

«Ich glaube, ich finde es in dem Moment, der noch kommt. Ich denke, es ist der nächste Schritt, den du und ich gemeinsam gehen müssen. Aber dieser Schritt geht nicht nur in deine Richtung.»

Die Stille zwischen ihnen wächst. Jean Baptist blickt aufs Meer hinaus. Es ist ein unaufhörliches, lebendiges Rauschen, das die Fragen in ihm übertönt. George steht neben ihm, und für einen Moment hat er das Gefühl, dass sie beide in einem Atemzug atmen, dass ihre Existenz miteinander verflochten ist, auch wenn sie nicht mehr in derselben Geschichte sind. Mit leiser Stimme bemerkt Jean:

«Unter Umständen geht es darum, sich zu verlieren.»

George schaut ihn mit grossen Augen an:

«Sich verlieren - um sich zu finden - so Gott will - es geht darum, zu erkennen, dass du nie wirklich etwas verloren hast, sondern nur das, was du glaubst, zu verlieren.»

Für Jean klingt dieser Satz wie ein Schlüsselmoment, der in ihm ankommt:

«Ich denke, es ist genau das, was du mir zeigen willst, George!»

Jean Baptist wendet sich zu George, und etwas in ihm verändert sich. Ist es die Erkenntnis, dass die Geschichte, die er schreibt, nie nur seine Geschichte ist? Oder ist es die Erkenntnis, dass alles, was er erschafft, auch ausserhalb von ihm existiert, dass die Welt, die er sich ausdenkt, genauso real ist wie die, in der Er lebt?

Der Moment dehnt sich immer mehr aus. Es ist der Moment der Erkenntnis, in dem alles zusammenkommt - und doch kann er nie festgehalten werden können.

Er verschwindet, während er da ist. Jean Baptist sieht das Meer, hört das Rauschen und weiss, dass die Geschichte nie enden wird. Sie lebt weiter - in den Wellen, im Wind, im Raum zwischen den Worten von ihm und George.

Am späten Nachmittag

Der Weg

Der Himmel hat sich inzwischen in ein tiefes Blau verwandelt. Die Mittagssonne ist nicht mehr weiss, sondern verfärbt sich langsam in ein schönes Orange, und die letzten Reste des Tageslichts spiegeln sich auf der Wasseroberfläche des Meeres wider. Die Stille, die nun herrscht, fühlt sich fast erdrückend an. Nur das ständige Rauschen der Wogen ist zu hören, als ob das Meer selbst eine Antwort auf die in der Luft hängenden Fragen gäbe.

Jean und George stehen nebeneinander, jeder in seinen eigenen Gedanken versunken. George scheint mit der Welt um ihn herum in Einklang zu kommen, während Jean Baptist sich immer mehr wie ein Beobachter fühlt - ein Betrachter seiner eigenen Geschichte. Er bemerkt George aus seinem Augenwinkel:

«Du bist wirklich da, ich kann es immer noch nicht fassen!»

Meint Jean nach einer Weile. Seine Stimme klingt leise, gefasst, fast ungläubig. George antwortet, ohne ihn anzusehen:

«Und du auch – wir beide zusammen! Meine Frage ist: bist du sicher, dass du bereit bist, loszulassen?»

Jean Baptist dreht sich zu ihm:

«Ich habe nie gewusst, dass ich dich festhalte. Ich dachte immer, ich würde dich nur lenken, dich von Punkt A nach Punkt B führen. Aber jetzt?»

Mit einem leichten Lächeln meint George:

«Jetzt weisst du, dass du mich nie wirklich geführt hast. Du hast mir nur deinen Weg vorgegeben, aber du bist nicht der Weg. Du bist nicht der, der mich bestimmt.»

Jean murmelt nachdenklich und lässt seinen Blick über das Meer schweifen:

«Letztlich ist das der Punkt, den ich nie verstanden habe. Ich dachte, du wärst Teil von mir, Teil meiner Schöpfung. Einen Teil meiner selbst. Aber was, wenn du mehr bist? Was, wenn du wirklich bist?»

George tritt einen Schritt näher und schaut dem Schriftsteller in die Augen:

«Ich bin nie ein Teil von dir gewesen. Du hast mich erschaffen - ja - aber nur auf einer oberflächlichen Ebene. Du hast mir einen Namen gegeben, eine Geschichte. Aber das war nie alles, was ich war. Du hast mir nie ein Leben gegeben. Das Leben habe ich mir selbst gegeben.»

Jean Baptist fühlt ein leichtes Ziehen in seiner Brust. Er sieht George an, und plötzlich wird ihm klar, dass er als Erschaffer niemals wirklich vollständig verstehen kann, was es bedeutet, ein eigenes Leben zu führen. Die Figuren, die er erschaffen hat, sind nur flüchtige Abbilder von etwas, das er nie ganz begreifen kann. Fragend schaut er George an:

«Was passiert jetzt?»

George, der auf den Boden schaut, meint:

«Eventuell passiert gar nichts. Oder - es passiert alles. Ich bin jetzt hier, in dieser Welt. Und ich weiss, dass ich nicht mehr der bin, der ich war. Hoffentlich finde ich etwas in mir, das ich vorher nicht gekannt habe.»

«George, ich denke, du musst dich nicht nur selbst finden, sondern auch mich. Es kann sein, dass wir und beide noch nicht gefunden haben.»

Erwidert Jean. George schaut ihn mit grossen Augen an:

«Schon möglich, aber ich glaube nicht, dass du mich finden kannst. Ich glaube, du musst dich selbst finden - ohne mich, ohne die Geschichte, die du über mich erzählst.»

Für den Schriftsteller ist das eine leise, fast schmerzhafte Erkenntnis. Die Worte, die er über George gesprochen hat, die Gedanken, die er in ihn investiert hat, scheinen plötzlich wie eine Illusion. Er fühlt sich, als hätte er sein ganzes Leben damit verbracht, eine Welt zu erschaffen, in der er der Herrscher war. Doch nun entgleitet ihm die Realität immer weiter. Als wolle er sich selbst überzeugen, stellt er die Frage:

«Aber was bleibt dann von mir - George? Was bleibt von dem, was ich getan habe, wenn du nicht mehr in meiner Welt bist - George?»

George sieht auf den Boden und seufzt:

«Möglich, dass nichts bleibt. Möglich, dass alles bleibt. Aber, du bist nicht das, was du tust. Du bist das, was du bist - jenseits der Geschichten, die du dir und anderen erzählst.»

Jean Baptist spürt, wie sich in ihm eine leise, unaufhörliche Bewegung entfaltet - als würde sich etwas tief in seinem Inneren verschieben. Eine Erkenntnis, die sich nicht in Worte fassen lässt, aber dennoch immer deutlicher wird.

«Ist es an der Zeit, dass wir uns verabschieden, George? Dass wir uns trennen müssen, um uns zu verstehen.»

Mit ernster Miene schaut George Jean an und meint:

«Ich bin der Meinung, es geht darum, uns selbst zu finden - doch, jeder für sich selbst. Es bedarf vielleicht einen Abstand zum Ganzen. Das heisst nicht, dass wir uns für immer verabschieden müssen, damit jeder sich selbst finden kann!»

Jean Baptist spürt, wie eine seltsame Leichtigkeit in ihm aufsteigt. Das Gewicht, das er so lange als Schöpfer und Erfinder getragen hat, beginnt sich zu lösen. Die Geschichten, die er sich erzählt hat, sind zwar immer noch da, doch sie definieren ihn nicht mehr. Plötzlich fühlt er sich weniger als der Mann, der alles kontrolliert, und mehr als derjenige, der einfach da ist in diesem Moment, in diesem Augenblick, zusammen mit der Welt um ihn herum. George dreht sich um und geht langsam in Richtung des Wassers. Jean Baptist bleibt noch einen Moment stehen, blickt ihm nach und erkennt, dass er nicht mehr derjenige ist, der ihn führen muss. Es ist vorbei.

Die Geschichte hat sich aufgelöst. Und was bleibt, ist der Moment, der jetzt da ist. Mit leiser, nachdenklicher Stimme wendet sich Jean Baptist zu George:

«Womöglich ist es nicht wirklich das Ende!»

«Möglich, ist dass es erst der Anfang!»

bemerkt George, ohne sich umzudrehen. Jean Baptist sieht, wie George noch einmal zurückschaut, um in den

Wellen langsam zu verschwinden. Der Wind weht erneut über die Klippe, und die Brandung schwillt wieder an. Die Sonne färbt langsam das Meer in ein tiefes Rot, und für einen Augenblick weiss Jean Baptist, dass er nichts mehr tun muss. Die Geschichte liegt nicht mehr in seinen Händen. Sie lebt weiter in einer anderen Dimension, vielleicht in einer anderen Zeit. Aber sie ist nicht mehr seine. Sie ist mehr als das!

Einbrechende Nacht

Die Leere - der Monolog

Die Dunkelheit ist inzwischen über die Klippen gezogen und der zweite Tag nähert sich dem Ende zu. Jean Baptist bleibt noch immer an seinem Platz, den Blick auf das Meer gerichtet. Die letzten goldenen Strahlen der Sonne haben sich wie flüssiges Feuer auf der Wasseroberfläche am Horizont verteilt, doch auch sie verblassen nun, und das Meer liegt vor ihm in tiefblauer Farbe fast schwarz getüncht. Die Brandung rauscht in einer monotonen, fast beruhigenden Weise.

Er fühlt sich leer. Als wäre ein Teil von ihm, den er nicht kannte, jetzt an einem Ort, den er nicht versteht. Er hat immer gewusst, dass er derjenige ist, der die Geschichten schreibt. Er hat nie gewusst, dass er einmal in einer Geschichte nicht mehr der Erzähler ist, sondern nur noch einer der Figuren. Ein «Mitspieler». Aber genau das scheint er nun zu sein. «Was bleibt?», fragt er sich leise, ohne eine Antwort zu erwarten. Die Frage bleibt im Raum stehen, wie das Echo der Wellen. Eine schwaches licht einer kleinen Laterne unter dem Sonnenschirm beleuchtet das Geschehen unter ihr. Jean dreht sich zu der Schreibmaschine, die vor ihm auf dem Tisch steht. Die Tasten sind still, der Papierstapel unberührt. Kein Wort ist in den letzten Minuten und Stunden, auf dem Papier erschienen. Jean Baptist hat das Gefühl, dass jede Idee, jeder Gedanke, der ihm gekommen war, ihn jetzt verlässt. Die Worte sind fort.

Er sieht sich um. Der Sonnenschirm steht wie ein stiller Wächter über ihm. Der leere Stuhl daneben - George ist nicht mehr da. Er ist fort, und mit ihm scheint die Geschichte, die Jean Baptist zu erzählen glaubte, wie der Wind in den Weiten des Meeres verschwunden zu sein.

«Ich war immer nur ein Teil der Geschichte»

murmelt Jean Baptist.

«Denkbar ist es, dass ich das nie wollte sehen.»

Er fühlt, wie sich etwas in ihm regt. Eine Art von Unsicherheit, die zu einer seltsamen Befreiung wird, ohne George, ohne die Worte, die ihn an seine Rolle als Schöpfer binden. Ohne die Geschichte, die er bis eben noch als seinen einzigen Weg gesehen hat:

«Was bleibt, wenn ich nichts mehr schreibe?»

fragt er sich, als er plötzlich den Impuls verspürt, etwas anderes zu tun. Irgendetwas, das nicht von ihm erwartet wird. Er steht auf. Die Kühle der Nacht hat sich über die Klippe gelegt, und die warme Luft, die ihn tagsüber umhüllt hat, ist einer frischen, kühlen Brise gewichen. Jean Baptist geht einen Schritt nach dem anderen. Er geht weg von seinem Tisch, weg von der leeren Schreibmaschine:

«Ich bin nicht nur der, der schreibt»

offenbart er, als ob er sich selbst entdecken würde:

«Ich bin auch der, der lebt - der atmet.»

Er bleibt am Rand der Klippe stehen, blickt hinunter auf das tiefschwarze Wasser, das sich in rhythmischen Bewegungen gegen die Felsen schlägt. Er weiss nicht was ihn erwartet. Bestimmt eine Antwort. Allenfalls einen Moment der Klarheit.

«Es kann sein, dass ich jetzt ohne, dieser Geschichte leben muss, anscheinend bin ich mehr als die Worte, die ich schreibe.»

denkt er mit einem Lächeln, das sich von innen herausbildet.

Die Dunkelheit ist vollständig, doch das Meer lebt weiter, es rauscht und brandet gegen die Klippen. Jean Baptist steht da, allein, aber nicht mehr einsam. Er hat das Gefühl, dass er etwas losgelassen hat. Etwas, das ihn immer gefangen hielt. Er schliesst die Augen und atmet tief ein. Die salzige Luft füllt seine Lungen. Der Wind weht ihm ins Gesicht, und er hört, wie das Meer in seiner eigenen Weise spricht - selbst sinnierend:

«Ich glaube schon, dass das ist was ich gesucht habe, anscheinend habe ich immer nur die Worte gebraucht, um mich selbst zu hören.»

Er dreht sich um und geht langsam zurück zu dem Tisch. Die Schreibmaschine steht immer noch da, unbenutzt, ruhig. Die Tasten sind wie das Werkzeug eines anderen. Eines, der er nie gewesen ist. Jean Baptist hebt die Hand und lässt sie über die Tastatur gleiten, spürt den Widerstand der Tasten unter den Fingern:

«Was bleibt, wenn ich keine Geschichte mehr schreibe?»

fragt er sich noch einmal. Aber diesmal wartet er nicht auf eine Antwort. Er weiss, dass er sie nicht finden wird. Die Antwort nicht in den Worten zu finden. Es ist die Antwort in dem Moment, in dem er einfach ist und als Jean Baptist lebt.

Der Moment der Freiheit – Monolog

Die hereingebrochene Nacht ist still. Der Mond als grosse - silberne Scheibe - schwebt über dem Roten Meer und erzeugt silberne Wellenspiele. Die Sterne sind so zahlreich, dass der Himmel fast zu leuchten scheint, und das Rauschen des Meeres hat sich in ein leises, aber konstantes Murmeln verwandelt und die Klippe mit einem sanften Atemhauch umhüllt.

Jean Baptist sitzt wieder an seinem Tisch, doch diesmal sind seine Hände still. Die Schreibmaschine ist nicht mehr das Zentrum seiner Aufmerksamkeit. Das fahle Licht einer Lampe, die am Schirm hängt, beleuchtet ihn und den Tisch. Er blickt nachdenklich auf die Tastatur und fragt sich, warum die Buchstaben immer noch so anziehend auf ihn wirken. Die Maschine ist ein Werkzeug, ein Relikt einer vergangenen, aufregender Zeit mit anderen Geschichten. Doch er weiss nicht, ob er sie noch einmal benutzen will - hat sie ihren Zweck erfüllt? Er atmet tief ein und schliesst die Augen. Er lässt die kühle Brise über sein Gesicht wehen. Der Wind trägt den salzigen Geruch des Meeres, vermischt mit der tiefen Dunkelheit der Nacht, die sich immer weiter ausbreitet.

Jean Baptist schlurft zum Rand der Klippe, blickt mit entschlossenen Augen in die Dunkelheit und murmelt leise:

«Jetzt muss ich nur lernen loszulassen. Ich war immer auf der Suche nach einem Zweck, nach einer Bedeutung. Sicher liegt die Bedeutung nicht in der Geschichte, sie liegt einfach im Moment selbst - in meinem Moment!»

Er fühlt sich, als würde er in diesem Moment zum ersten Mal wirklich er selbst sein. Es ist ein befreiendes Gefühl, das tief in ihm vibriert. Der Schmerz, der ihn so lange gequält hat, der Drang, immer mehr zu schreiben, mehr zu erschaffen, mehr Kontrolle zu haben - scheint zu verschwinden. Es ist, als würde er plötzlich in einen Raum ohne Wände eintreten. Die Möglichkeiten sind grenzenlos. Er setzt sich zufrieden wieder auf seinen Stuhl.

«Was passiert, wenn es keine Geschichte mehr gibt? Was passiert, wenn ich einfach der bin, der ich bin?»

eine gewisse Aufregung bringt ihn dazu, wieder aufzustehen. Er geht langsam zum Rand der Klippe und blickt hinunter auf das Meer. Die Wellen schlagen immer noch gegen die Felsen - mit einer unaufhörlichen Energie, die fast wie ein Ritual erscheint. Es ist das Geräusch des Lebens, das ihn umgibt, das Leben, das weitergeht, egal ob er es festhält oder loslässt.

«Das ist die Antwort, die ich gesucht habe. Anscheinend gibt es keine feste Geschichte - sie ist das Leben im Moment selbst!»

dabei klopft Jean mit seinen Händen auf seinen hervorstehenden Bauch. Er fühlt sich als Teil dieses Moments, als Teil des Meeres, der Wellen und der Sterne.

Die Fragen, die ihn immer begleitet haben, treten nun in den Hintergrund. Es gibt keine Notwendigkeit mehr, Antworten zu finden, es gibt nur den Moment, der lebt, der pulsiert und sich in jede Zelle seines Körpers ausbreitet:

«Ich bin nicht mehr der, der ich war, glaube ich. Ich bin der, der ich jetzt bin!»

Jean seufzt leise vor sich hin. Er tritt noch näher an den Rand der Klippe, lässt den Blick ein letztes Mal über das Meer schweifen. Die Dunkelheit ist jetzt vollständig, doch der Mond beleuchtet die Wellen mit einem silbernen Schein. In diesem Moment erkennt er, dass er nicht mehr der alte Jean Baptist ist, der über die Welt schrieb. Er ist ein Teil von ihr - ein Teil des Meeres, der Wogen, der Dunkelheit. Als wolle er sich selbst davon überzeugen, denkt er:

«Sicher gibt es eine neue Geschichte. Die grösste Geschichte von allem ist das Dasein selbst.»

Plötzlich spürt er, wie der Wind stärker wird. Ein Sturm kündigt sich an, und Jean Baptist weiss, dass er nicht mehr fliehen kann. Es ist der Orkan der Existenz, der in ihm tobt und es gibt nichts, was er dagegen tun kann. Das Gewitter ist Teil von ihm, und er ist Teil davon. Er spürt die Kräfte in sich, die ihn antreiben, die ihn verändern. Wie es scheint, war der Drang zu schreiben immer nur ein Versuch, dem Orkan zu entkommen. Doch jetzt, jetzt lässt er sich auf das heftige Brausen ein.

«Es mag sein, dass das Leben ein noch nicht ein fertiges Buch ist, das noch zu Ende geschrieben werden gilt»

Denkt er leise. Jean Baptist überkommt eine unerwartete Ruhe:

«Ich muss mich einfach dieser Leidenschaft hingeben und den Rest der Welt erleben - ohne zu wissen, wie die Geschichte endet.»

Er dreht sich um, geht langsam zurück zum Tisch, setzt sich und blickt erneut auf die Schreibmaschine. Die Tasten wirken fast wie ein Relikt aus einer anderen Zeit, eine

Erinnerung an eine Phase seiner Leidenschaft, die er nun hinter sich lassen will:

«Das ist der wahre Anfang. Der Anfang eines neuen Lebens, das nicht mehr durch Worte begrenzt ist - der Anfang von etwas, das nur im Moment existiert.»

Er blickt nach oben zum Himmel, der nun in seiner ganzen Weite vor ihm liegt. Die Sterne funkeln wie unzählige kleine Augen. In diesem Moment, in dieser Stille, versteht er, dass es keine Geschichte gibt, die er erzählen muss. Es gibt nur sein Leben, das er lebt. Mit bewegten Gedanken geht langsam zu seinem Bungalow um sich der Nachtruhe hinzugeben. Er bleibt noch längere Zeit wach – bis ihn der Schlaf übermannt.

Dritter Tag

Moment des Hineingehens

Der Morgen des dritten Tages bricht langsam über dem Roten Meer herein. Ein schwacher, rosiger Schimmer taucht am Horizont auf, es ist das erste Licht des Tages. Die Sterne verblassen, und der Mond zieht sich zurück. Die Klippe, auf der Jean Baptist sitzt, schwebt nun im sanften Dämmerlicht, und das Meer breitet sich vor ihm aus - weit und unendlich. Der Wind hat sich beruhigt, und nur das leise Plätschern der Brandung ist zu hören. Jean Baptist ist mitten in der Nacht aufgestanden, weil er den Schlaf nicht mehr fand. An seinem kleinen Tisch hat er hier die halbe Nacht verbracht - verweilt und seine Gedanken wie Wolken an sich vorbeiziehen lassen. Es waren Gedanken des Tages und des erlebten mit George. Immer wieder fragte er sich; was habe ich falsch gemacht, wie gehe ich mit meiner Romanfigur um. Soll ich aus dem Roman streichen, einen neuen Roman schreiben? Aber, dann kommt wieder das gleiche Problem auf mich zu.

Die Schreibmaschine vor ihm ist kein Werkzeug mehr - ist sie ein Relikt - ein Fragment der Vergangenheit? Trotz alldem verspürt er das Verlangen, einen Moment lang über die Tasten zu streichen, als ob er nach etwas sucht, das er nicht mehr glaubt zu brauchen und doch durchkommt ihn eine Sehnsucht, neue Geschichten zu schreiben. Seine Geschichte? Er atmet tief ein und blickt über den Rand der Klippe auf das weite Meer. Der Gedanke, dass er nie wieder etwas schreiben muss, dass er nichts mehr erschaffen muss, erscheint ihm sowohl befreiend als auch beängstigend:

«Ich will schreiben, gestalten, um viele Menschen zu erfreuen. In diesem ganzen Schaffen, finde ich meine Befriedigung!»

Eine leere Seite vor sich zu haben, war nie das Ziel. Jetzt ist es Realität und der Moment, in dem er versteht, dass es nie um die Erschaffung einer Geschichte ging, sondern um die Erfahrung des Lebens selbst. Er steht auf und geht wieder langsam zur Klippe. Der Wind hat sich wieder verstärkt, weht ihm in die Haare und trägt die salzige Luft bis in seine Lungen. Jean Baptist spürt die Weite des Meeres, die Unendlichkeit, die sich vor ihm ausbreitet. Es ist ein Gefühl, das sich nicht in Worte fassen lässt, ein Gefühl, als ob er auf einem anderen Planeten stehen würde, als ob er alles verlassen hätte, was er zu kennen glaubte:

«Wie es scheint, ist es genau das. Vermutlich ist es nicht nur das Schreiben, das mich erfüllt - es ist der Moment des Hineingehens, das Loslassen von allem was mich bremst, was ich je geglaubt und krampfhaft festgehalten habe.»

Jean Baptist beobachtet, wie die Wogen gegen die Felsen schlagen. Es ist ein endloser Rhythmus, der ihn in eine seltsame Trance versetzt. Der Blick auf das Meer gleicht einem Spiegel, der ihm zeigt, was er immer vor sich selbst verborgen hielt. Die Wellen kommen, sie gehen, sie kehren zurück - und alles wiederholt sich in einem unaufhörlichen Zyklus. Doch die Brandung ist nicht festgelegt. Sie ist frei. Sie ist, was sie ist - ohne Bedeutung, ohne Ziel:

«Es geht darum, einfach zu sein, einfach zu leben ohne die Last der Bedeutung.»

Plötzlich fühlt er sich leicht, als hätte er etwas abgelegt, das ihn lange schwer belastet hat. Diese Last war nicht die des Schreibens - es war die Last der Erwartung, immer weiter zu suchen, immer mehr zu tun, immer mehr zu verstehen. Und jetzt, in diesem Moment, fühlt sich alles auf einmal einfach richtig an:

«Wie es scheint, war ich nie wirklich verloren. Ich habe nur nie gewusst, wie ich wirklich mit dem Leben umgehen soll.»

Er entfernt sich Schritt für Schritt vom Rand der Klippe. Der Blick auf das Meer ist so überwältigend, dass er fast das Gefühl hat, selbst zu verschwinden - als ob er in das Wasser eintauchen und ein Teil von allem werden könnte, ein Teil des Meeres, der Wogen, des Windes:

«Denkbar ist, dass ich genau das gesucht habe»

murmelt er leise, während er tief die salzige Luft einatmet. Plötzlich hört er eine Stimme hinter sich:

«Darf ich Ihnen etwas zu trinken bringen?»

Es ist der Kellner Achmet, der ihm langsam näherkommt. Jean dreht sich ein wenig überrascht um. Achmet trägt wieder seinen Turban und seine weisse Thawb. Doch als er sieht, dass Jean Baptist nicht auf seine Frage reagiert, blickt er ihn nachdenklich an:

«Sie haben die ganze Nacht nicht geschrieben? Ist alles in Ordnung?»

Jean lächelt sanft:

«Zurzeit gibt es nichts zu schreiben - das ist gut so Achmet. Es ist selten, dass ich eine Nachtlang durchschreibe!»

Der Kellner sieht ihn still an, als würde er über diese Antwort nachdenken. Dann nickt er und meint:

«Oft ist es das, was die meisten nie verstehen, dass das Leben selbst die grösste Geschichte ist.»

In diesem Moment fühlt sich Jean Baptist von etwas berührt, das er jetzt verstehen kann. Die Welt um ihn herum hat sich verändert, und er selbst fühlt sich nicht mehr verloren. Er ist Teil dieses Moments, Teil des grossen Ganzen - und das ist gut. Achmet dreht sich um, als wolle er zurück ins Café gehen, doch Jean Baptist ruft ihm nach:

«Ich werde es nie wieder versuchen. Ich werde nichts mehr suchen. Ich werde einfach leben.»

Der Kellner bleibt einen Moment stehen, dreht sich dann um und lächelt:

«Das ist der wahre Anfang!»

Seine Worte hallen in der Stille nach, als er in den Wind tritt und langsam verschwindet.

Jean bleibt noch einen Moment an der Klippe stehen, bevor er sich wieder setzt. Das Meer rauscht weiter, die Sonne beginnt sich langsam am Horizont zu zeigen, und der Tag bricht an. Aber er weiss jetzt, dass es nicht mehr um das Schreiben geht, nicht mehr um die Suche nach dem nächsten Satz, der nächsten Geschichte. Es geht nur um den Moment. Es geht nur um das Leben. Und das ist genug.

Mittag dritter Tag

Der Augenblick des Sehens

Die Sonne steht mittlerweile hoch am Himmel. Jean Baptist sitzt immer noch an dem kleinen Tisch unter dem Sonnenschirm, der einen angenehmen Schatten auf ihn und den Tisch wirft. Das Rote Meer glitzert im Licht, und die Wellen rollen unaufhörlich gegen die Klippe. Jean fühlt sich, als ob er den Raum um sich herum in einem völlig neuen Licht wahrnimmt - als ob er zum ersten Mal wirklich «da» wäre. Er ist immer noch ohne eine Geschichte, ohne ein Ziel. Doch die Leere, die vor kurzem noch wie ein schwarzes Loch wirkte, hat sich in einen offenen Raum verwandelt - einen Raum für alles, was ist. Er hat die Schreibmaschine nicht angerührt, seit der Kellner ihm von der «grösseren Geschichte» erzählt hat, und spürt, wie sich in ihm eine tiefe Ruhe ausbreitet - ein Gefühl von Freiheit, das er nicht kannte:

«Was bedeutet es, wirklich zu sein?»

fragt er sich. Die Frage schwebt in seinem Geist wie eine Melodie, die er nicht ganz greifen kann. Er sieht sich um - das Meer, den Himmel, die Wogen, die immer wieder an die Felsen schlagen und es erscheint ihm wie eine unendliche Melodie, die nie aufhört.

Auf einmal hört er Schritte hinter sich. Der Kellner, der eben noch hinter der Theke stand, kommt auf ihn zu. Er trägt ein Tablett, auf dem ein Glas Orangensaft steht. Jean Baptist sieht ihn an und lächelt:

«Ah, du bist zurück - hast du gestern auch den Sturm verspürt?»

Der Kellner nickt ruhig und stellt das Glas vor dem Schriftsteller ab:

«Der Sturm ist immer da. Er gehört zu uns allen. Manchmal wissen wir gar nicht, dass er in uns tobt»

erklärt der Kellner. Jean Baptist blickt auf das Glas, das vor ihm steht. Der Orangensaft ist frisch gepresst, das Glas beschlägt vom kalten Getränk in der warmen Luft, und der Duft des Safts steigt ihm in die Nase. Der Moment ist einfach und in seiner Einfachheit liegt eine Tiefe, die er nie zuvor wahrgenommen hat. Es ist, als würde sich der ganze Tag in diesem kleinen Moment verdichten.

Baptist sieht   Achmet nachdenklich an:

«Ist das der wahre Sturm - nicht der Wind, nicht die Wellen? Es ist das Leben selbst, das immer in uns tobt, während wir zu beschäftigt sind, es zu spüren.»

«So ist es»

bestätigt der Kellner und setzt sich, um dem Schriftsteller Gesellschaft zu leisten:

«Und wenn du nicht darauf achtest, kann der Sturm, dich in den Abgrund ziehen. Aber wenn du ihn erkennst, kannst du handeln und du wirst frei.»

Jean nickt:

«Gut möglich, dass ich zu lange nach einem klaren Ziel gesucht habe - nach einer Geschichte, die Sinn macht. Aber das Leben selbst ... das ist die Geschichte. Und sie muss nicht verstanden werden, sie muss nur gelebt werden.»

Der Kellner schaut in die Ferne, auf das Meer, das in der Sonne glänzt.

«Es ist die Gegenwart, die zählt. Jeder Moment. Wenn du den Augenblick erlebst, ohne zu fragen, was als Nächstes kommt, dann bist du frei.»

Jean Baptist hebt langsam das Glas vor sich:

«Denkbar ist, dass der wahre Sinn das Leben im Moment ist, ohne das Bedürfnis, es festzuhalten oder zu erklären.»

Er nimmt einen Schluck Orangensaft, schmeckt die Frische, die Süsse und die Farbe des Safts leuchtet im Sonnenlicht. Es ist ein einfacher Moment - ein gewöhnlicher Moment, aber er fühlt sich vollkommen an. Mehr als alles, was er je geschrieben hat:

«Ist das der wahre Sturm, das Leben selbst im Hier und jetzt?»

Achmet schaut ihn an, und in seinem Blick liegt ein leises Lächeln, das in die Tiefe der Stille sinkt. Er erwidert nichts mehr, sondern lässt den Schriftsteller einfach in diesem Moment sein. Er weiss, dass Worte nicht mehr notwendig sind. Das ist der wahre Weg - einfach zu sein, ohne nach Bedeutung zu suchen.

Jean Baptist lehnt sich zurück und schliesst die Augen. Der Wind weht durch sein Haar, die Sonne kitzelt seine Haut. Er spürt das Leben in sich, wie es pulsiert, wie es atmet. Der Moment wird zu einer Erinnerung, die er nie vergessen wird: ein Augenblick der Erkenntnis, dass er nicht mehr die Geschichte schreiben muss, sondern selbst Teil der Geschichte ist - Teil des Lebens, das sich immer weiter entfaltet, in seiner unendlichen Schönheit und Tiefe.

Achmet steht auf, macht sich wieder auf den Weg zur Café-Bar. Jean Baptist bleibt sitzen, schaut ihm nach und richtet dann seinen Blick ins Blau des Himmels. Der Tag ist noch jung; er hat bereits alles, was er braucht. Er ist hier - und das ist gut so.

Nachmittag

Der Tanz der Zeit

Der Nachmittag des dritten Tages hat sich in ein sanftes, goldenes Licht verwandelt. Das Meer leuchtet in den warmen Farben der Vordämmerung, und die Wellen rollen mit einer Schaumkrone in stetigem Rhythmus gegen die Felsen, wo sie in einer Wolke von Gischt zerplatzen. Jean Baptist sitzt noch immer an seinem Tisch, doch sein Blick auf das Meer ist mehr als ein flüchtiger Anblick, es ist ein Eintauchen in das, was ihn umgibt: das Leben in seiner unaufhörlichen Bewegung. Er hat die Schreibmaschine ganz beiseitegeschoben. Sie steht still und verlassen auf dem Tisch, als wäre sie nur ein Zeuge von etwas, das längst vergangen ist. Der Drang zu schreiben ist längst verloren - jetzt gibt es nur noch das Leben, das in jedem Moment atmet.

Achmet kommt wieder vorbei, dieses Mal mit einer kleinen Schale Oliven und ein paar frischen Datteln:

«Für den Herrn auf der Klippe»

Mit einem verschmitzten Lächeln setzt die Schale vor Jean Baptist ab. Dieser schaut ihn dankbar an und holt tief Luft:

«Was, wenn es nicht darum geht, das Leben zu verstehen, sondern es einfach zu leben?»

fragt Jean Baptist, während er die Oliven wie mit einer Pinzette langsam in den Mund führt. Achmet, der Kellner, setzt sich auf den leeren Stuhl gegenüber.

«Richtig - was, wenn das Leben selbst der Sinn ist? Nicht die Suche nach dem Sinn, nicht das Streben nach dem, was wir für wichtig halten, sondern das Annehmen dessen, was ist.»

Jean nickt nachdenklich:

«Ich habe immer nach etwas Grösserem gesucht, nach einem Ziel, nach einer Bedeutung. Aber je mehr ich suche, desto weiter entfernt es sich. Vielleicht ist es an der Zeit, aufzuhören zu suchen!»

Achmet antwortet mit ruhiger Stimme:

«Die Zeit ist wie der Wind. Du kannst nicht fassen, was du nicht festhalten kannst - sie zerrinnt aus deinen Fingern, ist immer da, immer in Bewegung. Raum und Zeit gehören unverrückbar zusammen. Ohne Zeit keinen Raum. Ohne Raum keine Zeit. Du aber kannst lernen mit diesen beiden Komponenten umzugehen und mit ihnen zu tanzen.»

«Tanzen?»

Jean Baptist sieht ihn fasziniert an.

«Ja, tanzen!»

wiederholt der Kellner, während er einen Blick auf das Meer wirft, das sich in den sanften Wellen unter dem Sonnenlicht wiegt.

«Das Leben ist ein Tanz - ein fliessender Tanz. Will wir in diesem Kontinuum leben, müssen und sollen wir uns bewegen, im Einklang mit dem Moment. Schau, wir sind ein Volk, das gerne tanzt, um Freude und Trauer auszudrücken. Wenn du versuchst, die Zeit zu kontrollieren und gegen den Strom zu bewegen, wirst du dich erschöpfen. Aber wenn du mit ihr fliesst, wirst du erkennen, dass du Teil von etwas Grösserem bist.»

«Der Tanz der Zeit!»

wiederholt Jean, als ob er diese Worte zum ersten Mal hört und sie tief in sich aufnimmt. Er spürt eine seltsame Ruhe in sich. Nicht, dass er die Welt nun vollständig verstanden hätte, aber er hat das Gefühl, in diesem Moment zu leben, in dem es keine Antwort gibt und es auch nicht nötig ist, eine zu finden. Vermutlich ist es der Frieden, den er gesucht hat, die Akzeptanz, dass alles in ständiger Veränderung ist und dass er nichts aufhalten oder festhalten muss. Achmet erhebt sich langsam:

«Es gibt keine Notwendigkeit, die Zeit zu messen oder zu bewerten. Wenn du dem Moment die Freiheit gibst, dich zu bewegen, wirst du erkennen, dass du bereits genau dort bist, wo du sein sollst. Heute Abend gibt es eine Tanzvorstellung, die genau das zeigen will, die Momente, von denen wir jetzt gesprochen haben: Zwischen Himmel und Erde, der Tanz der Derwische. Ein Tanz, wie ihn die Sufis in der Türkei zelebrieren.»

Jean blickt Achmet interessiert an:

«Ich habe von diesen Derwischen gehört. In der Trance können sie sich minutenlang drehen, ohne dass ihnen schwindelig wird. Danach fühlen sie sich frei und verbunden mit Gott. Das ist das Gefühl, auf das ich immer gewartet habe - gewartet auf den richtigen Moment, auf die richtigen Worte, auf das, was kommen soll. Aber was, wenn der richtige Moment jetzt ist?»

Achmet nickt lächelnd:

«Der Moment ist immer jetzt. Es gibt keinen Anderen.»

Jean Baptist mustert Achmet mit einem Gefühl der Erkenntnis in seinen Augen. Der Kellner hat nichts weiter geantwortet als das, was er schon wusste, doch durch seine Worte und den ruhigen Blick öffnet sich eine ganze Welt vor ihm:

«Ich denke, der wahre Tanz ist der Tanz mit der Gegenwart. Ich werde da sein - reserviere mir einen Tisch beim Geschehen!»

Erklärt er. Der Kellner nickt und zieht sich dann zurück, um sich der Gäste im Café zu kümmern. Jean Baptist bleibt allein an seinem Tisch sitzen, doch der Moment fühlt sich nicht mehr leer an. Er ist erfüllt von einer neuen Tiefe, die sich jeder Beschreibung entzieht. Das Meer rauscht weiter, der Wind streicht sanft über die Klippe, und die Sonne neigt sich dem Horizont.

Es ist ein Tanz - ein Tanz mit der Zeit, mit dem Leben. Und Jean hat endlich gelernt, die Schritte zu spüren. Er schliesst die Augen, lächelt zufrieden und atmet tief ein. Der Sturm, den er einst gefürchtet hat, ist nun ein ruhiger Fluss. Die Wellen, die gegen die Klippen schlagen, sind nicht mehr bedrohlich, sondern Teil des Tanzes - des Tanzes des Lebens.

Ist es etwa genau das, dass er nie wieder etwas schreiben muss? Vielleicht war er immer schon Teil der Geschichte, die er suchte. Zurücklehnend im Stuhl beobachtet er die Gäste am Strand und geniesst das Sein.

Abend

Das Sein ist genug

Der Abend des dritten Tages senkt sich langsam zur Nacht über dem Rote Meer, die Sonne hat sich bereits hinter dem Horizont verborgen. Jean Baptist sitzt immer noch am gleichen Tisch - die Schreibmaschine ohne Papier vor ihm - doch seine Gedanken sind längst von den Tasten abgeglitten. Der Moment hat ihn in seinen Bann gezogen. Alles, was er fühlt, ist das Leben, das sich mühelos entfaltet.

Achmet kommt erneut vorbei, diesmal mit einem kleinen Tablett, auf dem ein dampfender Pfefferminz Tee und eine Zigarre liegen. Er stellt das Tablett ab und setzt sich wortlos gegenüber. Es ist ein vertrauter, stiller Moment, ein Moment der Zweisamkeit, obwohl keine Worte nötig sind:

«Oh, sehr aufmerksam von dir - woher weisst du, dass ich Zigarren rauche?»

Achmet meint mit verschmitzten Augen:

«Nun, Schriftsteller rauchen doch immer gerne eine Zigarre, oder? Und ich dachte, einen arabischen Tee könnte ihnen guttun!»

Jean lacht und erwidert:

«Ja, das hat etwas Wahres in sich. Etwas Anderes, Achmet - du hast mir heute von einem Tanz erzählt»

Jean Baptist antwortet nach einer Weile, ohne den Kellner anzusehen:

«Aber was passiert, wenn man den Tanz nicht mehr beherrscht? Was, wenn man einfach nur im Takt des Lebens schwingt und keinen Schritt mehr plant?»

Achmet lächelt ruhig, lehnt sich zurück und richtet seinen Blick auf das Meer:

«Dann wirst du dich selbst in der Melodie finden.»

Offenbart er leise:

«Du musst dich nicht selbst führen. Der Moment führt dich.»

Jean Baptist schliesst die Augen und lauscht dem leisen Rauschen der Wellen. Die Frage, die ihn lange beschäftigt hat, ob er die Kontrolle über sein Leben jemals wirklich abgegeben hat - schwindet in der Stille. Er spürt die tiefe Wahrheit dieser Worte, dass er sich nicht mehr durch seine eigenen Vorstellungen von Erfolg und Bedeutung definieren muss. Der Tanz geht weiter, und er bewegt sich in ihm, ohne Widerstand.

«Ich habe mich immer gefragt, ob ich genug tue?»

redet er schliesslich, als er die Augen wieder öffnet und den Kellner ansieht:

«Ich hatte stets das Gefühl, etwas tun zu müssen, um wertvoll zu sein - etwas, das zählt.»

Der Kellner fragt ohne eine Antwort zu erwarten:

«Aber was, wenn du schon jetzt genug bist? Was, wenn das Leben selbst schon vollkommen ist, ohne dass man es ständig bewerten muss?»

«Das ist es, was mich verwirrt hat»,

enthüllt Jean Baptist nachdenklich:

«Die Idee, dass ich immer etwas erreichen muss – etwas
- das in den Augen der Welt einen Wert hat. Aber hier, in
diesem Moment, fühle ich, dass es nichts zu erreichen
gibt. Es geht nur darum, zu sein.»

Achmet betont sanft:

«Auch das ist richtig. Das Sein ist genug. Nicht das Haben, nicht das Erreichen, nicht das Streben, das einfache
Sein. Wenn du das erkennst, bist du frei. Du wirst ein Teil
des Flusses des Lebens, anstatt gegen ihn zu kämpfen.»

Jean Baptist nimmt einen tiefen Atemzug. Die Erkenntnis
ist wie ein Licht, das langsam in ihm aufgeht. Alles, was
er jemals gesucht hat, war immer schon da. Der Wert des
Lebens liegt nicht in dem, was er tut, sondern in dem,
was er ist - in diesem Moment, hier und jetzt. Der Tanz
der Zeit hat weder Anfang noch Ende. Er ist einfach da,
fliessend und unaufhaltsam.

«Gut möglich, dass es nie das Ziel war, das man erreichen sollte.»

entgegnet er leise, als er auf das Meer blickt, das nun in
einem silbernen Schimmer erstrahlt:

«Gut möglich, dass es immer nur der Weg ist, der Weg,
den wir gehen, ohne das Bedürfnis, an einem bestimmten Ort anzukommen.»

Achmet streicht sich am Kinn:

«Der Lebensweg ist immer derselbe. Das Leben jedes
Menschen ist von Allah vorgegeben, der in jedem Moment das Ziel bestimmt.»

Jean Baptist sitzt eine Weile schweigend da, die Worte des Kellners fliessen wie ein sanfter Strom in seinem Geist. Es gibt keinen Moment der Ankunft, keinen Endpunkt, den er erreichen muss. Der Weg selbst - das Leben in seiner vollen Tiefe - ist die Antwort, nach der er immer gesucht hat:

«Ich denke, ich verstehe»

erwidert er nachdenklich, als er das Glas Tee anhebt und einen Schluck nimmt:

«Es geht nicht um das Tun, es geht um das Erleben. Und das Erleben findet immer nur im Jetzt statt.»

Achmet nickt, steht auf und verabschiedet sich, mit einem stillen Blick:

«Wie oft ist mir das Jetzt wie Sand aus den Händen entglitten, weil ich nicht achtsam war. Das Jetzt und der Moment sind das Einzige, das ein Mensch besitzen kann.»

Jean Baptist bleibt allein am Tisch sitzen, den Blick auf das still gewordene Meer gerichtet. Der Tag ist zu Ende, doch der Augenblick fühlt sich unendlich an. Kein Ziel, keine Geschichte, keine Notwendigkeit, etwas zu erreichen. Nur er Moment, der in seiner Unendlichkeit vollkommen ist.

Er fühlt sich erfüllt. Nicht durch etwas, das er getan hat, sondern durch das, was er im Hier und Jetzt ist. Und in diesem Moment weiss er: Es gibt nichts mehr zu suchen. Es gibt nichts mehr zu tun. Er ist, und das ist genug.

Die Nacht des dritten Tages

Der fliessende Fluss

Die Nacht hat den Himmel über dem Roten Meer in ein tiefes Dunkelblau getaucht. Der Mond ist silbern gross und scheint über der weiten stillen Wasserfläche. Jean Baptist sitzt immer noch an seinem Tisch, doch die Umgebung hat sich verändert: Es gibt keine anderen Gäste mehr, nur das sanfte Rauschen der Wellen, das der Wind in den Klang von Musik verwandelt.

Er blickt auf die Schreibmaschine vor sich und streicht mit den Fingern über die Tasten - doch er schlägt sie nicht an. Das ist nicht mehr nötig. Der Moment ist jetzt seine Geschichte, und es gibt keinen Drang, etwas anderes zu tun. Der Kellner ist wieder an seiner Seite, als ob er ein fester Bestandteil, des jetzigen Moment ist - eine Konstante in der ständigen Veränderung. Heute bringt er keine Schale mit Oliven oder ein Getränk, sondern nur das, was das Leben am meisten benötigt: seine blosse Präsenz, ein stiller Begleiter im Tanz der Zeit.

«Du hast mir erklärt, dass das Leben ein Tanz ist»

fragt Jean Baptist und blickt auf das glänzende Meer:

«Und du hast recht. Aber ich frage mich, was es bedeutet, mit diesem Tanz zu fliessen. Was, wenn man irgendwann die Schritte nicht mehr kennt?»

Achmet entgegnet mit einer Bestimmtheit:

«Du bist nicht der Tänzer - du bist der Tanz. Du bist der Fluss, der in ständiger Bewegung ist. Du kannst die

Schritte nicht verlernen, weil du sie nie kontrolliert hast. Der Fluss des Lebens trägt dich wie ein Schiff.»

Jean Baptist schliesst die Augen und atmet tief ein. Der Gedanke hallt in ihm wider:

«Du bist der Tanz. Du bist das Schiff auf dem Fluss des Lebens.»

Diese Erkenntnis schenkt ihm tiefe Ruhe, wirft aber auch eine neue Frage auf: Wenn er der Tanz ist, was bleibt dann von ihm, wenn der Tanz zu Ende geht? Oder ist er es, der sich verändert und immer wieder in neuen Formen auftritt?

«Was passiert, wenn der Tanz aufhört?»

fragt er schliesslich.

«Der Tanz hört nie auf! Würde der Tanz des Lebens aufhören, dann würdest du aufhören zu sein!»

Erklärt der Achmet ruhig:

«Solange dein Herz den Takt des Lebens schlägt, verändert und wandelt er sich. So wie die Wellen immer wieder gegen die Felsen schlagen, mal grosse Wellen mal kleine, so fliesst das Leben weiter. Es gibt keinen Schluss, keine Endstation. Du musst nur lernen, das Ende loszulassen.»

«Das Ende...?»

wiederholt Jean Baptist nachdenklich:

«Habe ich jemals wirklich nach dem Ende gesucht?»

Der Kellner schüttelt den Kopf:

«Ich weiss es nicht – möchtest Du ein Ende, einen Abschluss finden? Welches Ende suchst du, wenn du schon längst in dem nächsten Moment eingetaucht bist? Lass es, geniesse den Moment. Denn der Fluss des Lebens steht nie stille, solange du im Sein stehst?»

Jean Baptist richtet sich auf und blickt zu Achmet. Es gibt keinen Schluss, keinen Endpunkt. Der Moment ist immer zugleich Anfang und Ende. Das Leben ist der unaufhörliche Fluss, der durch uns hindurchgeht, uns formt und trägt - und zugleich von uns selbst durchzogen wird.

«Sehr gut möglich, dass es das ist, was mich immer angetrieben hat, die Vorstellung von einem Ende, das abgeschlossen werden muss, wie eine Geschichte, die zu einem Schluss kommen muss. Aber was, wenn es gar keinen Schluss gibt? Was, wenn das Leben einfach weiterfliesst und wir ein Teil dieses Flusses sind?»

Achmet schaut Jean Baptist ernst an:

«Dann bist du genau da, wo du immer warst - im Fluss. Du warst nie Teil des Ganzen. Du warst immer schon in Bewegung, auch wenn du es nicht erkannt hast. Es gibt keinen Punkt, an dem du aufhörst zu sein.»

Jean Baptist steht langsam auf und geht hin und her. Der Wind weht ihm durch die Haare, und er fühlt sich mit der Landschaft verbunden - als ob er selbst ein Teil des Meeres wäre. Die Wellen brechen unter ihm, erreichen ihn aber nicht. Stattdessen spürt er die unaufhörliche Bewegung des Lebens, die in ihm pulsiert und sich in jeder Faser seines Seins ausdrückt.

Er blickt auf den Mond, der nun hoch am Himmel steht und das Meer in silbernes Licht taucht. Eine leise

Gänsehaut kriecht ihm den Nacken hinauf, als er die Wahrheit dieser Worte tief in sich aufnimmt: Der Fluss des Lebens, es gibt kein Ende. Es gibt keinen Halt, keine Zeit, die irgendwann «abgeschlossen» ist. Es gibt nur den ständigen Wandel, das immerwährende Fliessen:

«Ich habe immer geglaubt, dass es etwas zu erreichen gibt. Aber was, wenn das Erreichen selbst der Moment ist?»

«Das glaube ich auch!»

meint Achmet, der ihm gefolgt ist und nun mit ihm zusammen auf die Wellen blickt:

«Der Moment ist alles, was du brauchst. Das Erreichen ist nicht das Ziel. Es ist der Weg, der in dir selbst fliesst.»

Jean Baptist schaut noch einmal zum Meer und dann zurück zum Kellner. In seinen Blick liegt ein neues Verständnis:

«Kann es sein, dass der Fluss selbst die einzige Geschichte ist?»

Der Kellner lächelt und nickt:

«Das ist die einzige Wahrheit. Der Fluss und du - ihr seid ein Teil davon, für immer. Das gilt für uns alle!»

Jean Baptist atmet tief ein und lässt seinen Blick über die schemenhaft erkennbare Hotelanlage schweifen. Der Fluss des Lebens fliesst in ihm, und er ist ein Teil davon. Es bleibt ihm nichts anderes übrig, als sich diesem Fluss anzuvertrauen. Das Leben ist nicht zu kontrollieren - man muss es erleben. Er ist der Tanz - er ist Teil des Flusses. Exact in diesem Moment weiss er: Das ist genug.

Beide gehen Richtung Hotel und Achmet erinnert Jean Baptist an den Tanz am Abend:

«Monsieur, denken sie daran, ich reserviere ihnen einen schönen Paltz für das Tanzschauspiel um 21 Uhr!»

Jean schaut Ihn an und meint:

«Achmet, ich werde da sein. Ich bin jetzt schon gespannt!»

Vierter Tag

Der Kreis des Lebens

Der Tanzabend ist vorbei und der Morgen des vierten
Tages bricht an; ein weiches, fast zärtliches Licht durchflutet den Himmel über dem Roten Meer. Die Spatzen
zwitschern aus vollen Kehlen. Die Wellen, die die ganze
Nacht in einem sanften Rhythmus gegen die Felsen geschlagen haben, plätschern jetzt stiller. Es ist, als ob die
Welt für einen Moment innehält, bevor sie wieder in ihre
alltägliche Bewegung zurückkehrt.

Jean Baptist steht erneut am Rand der Klippe und blickt
auf das Meer, das immer noch in der Dämmerung liegt,
ruhig und majestätisch. Der Wind hat sich gelegt, aber
die Luft ist warm und salzig. Es ist ein Moment, der fast
magisch wirkt - der Übergang von der Nacht zum Tag,
von der Stille zum Leben.

Er dreht sich um; Achmet ist eben erst gekommen und
steht am kleinen Tisch, den er gestern mit Jean Baptist
verlassen hat. Auch wenn er keine Worte redet, ist seine
Präsenz da, ein stiller Begleiter, der ihm geholfen hat, die
Wahrheit über den Fluss des Lebens zu erkennen.

«Monsieur Baptist, wie hat Ihnen der gestrige Tanz gefallen?»

«Danke der Nachfrage, sehr gut. Die Aufführung hat mir
sehr gefallen. Mir wurde es bereits nach kurzer Zeit
schwindelig und übel. Der Tänzer hat sich ja minutenlang gedreht, um all seine Röcke auszuziehen, um all
diese danach wieder über sich zu ziehen. Es ist seltsam,
wie ein solcher Moment alles verändern kann. Ich habe

so lange nach etwas gesucht, und jetzt erkenne ich, dass es nie darum ging, etwas zu finden. Es ging nur darum, um zu sein.»

Achmet nickt, aber auch ohne Worte weiss Jean Baptist, dass keine Antwort nötig ist. Achmet hat ihm nichts erklärt, sondern ihm lediglich den Raum gegeben, die Wahrheit selbst zu entdecken. Es ist eine Wahrheit, die nicht in Konzepten oder Definitionen zu fassen ist, sondern in der Erfahrung des Lebens selbst.

Nach einer langen Pause schaut Jean Baptist den Ägypter an:

«Sicherlich ist das der Sinn - nicht die Antworten zu finden - sondern die Fragen loszulassen.»

Die dunklen Augenbrauen des Ägypters ziehen hoch; in seinem braunen Gesicht zeigt sich ein Lächeln:

«Vielleicht. Aber das Leben hat immer eine andere Weise, sich zu zeigen. Es geht nicht darum, zu wissen; es geht darum, zu erleben.»

Jean Baptist sieht ihn an und plötzlich spürt er eine tiefe Verbundenheit. Es ist keine Antwort, die er sucht, sondern das Vertrauen, dass das Leben in seiner Unvorhersehbarkeit und Fliessfähigkeit genau das ist, was es sein soll. Der Fluss geht weiter, der Tanz des Lebens dreht sich weiter, und es gibt keinen endgültigen Schluss.

«Kann es sein, dass es keine endgültige Wahrheit gibt, sondern nur die Lebenswahrheit, die sich immer wieder neu in uns entfaltet?»

Überrascht von dieser Antwort, streicht Achmet mit seinen braunen Händen über seine Brust, nickt und meint:

«Das ist es genau, was wir am meisten brauchen, zu wissen, dass wir nur bedingt unser Leben kontrollieren können. Allah ist gross.»

Jean Baptist und Achmet wenden sich ab und gehen langsam in die Richtung des kleinen Weges, der sie zum Strandcafé führt. Der Moment ist still, fast schon heilig, aber es ist auch ein Moment des Übergangs.

Wie der Tag, der gerade erst beginnt und der gleichzeitig das Ende der Nacht bedeutet. Er fühlt sich nicht schwer, sondern leicht - wie ein Teil des Ganzen.

Als er den Tisch erreicht, setzt er sich wieder auf den Stuhl. Er schliesst die Augen, lässt die Gedanken fliessen, ohne sie festzuhalten. Der Fluss des Lebens bewegt sich weiter, und er ist Teil von ihm. Der Tanz, der immer noch in ihm schwingt, nimmt keine Pause. Aber jetzt weiss er, dass es auch nicht nötig ist, eine Antwort zu finden. Achmet steuert direkt hinter den Tresen, um einen Kaffee für Baptist aus der Maschine zu pressen.

Genüsslich schlürft Jean seinen Kaffee, mustert die Gäste in ihren Badekleidern und geniesst diesen Moment der Sinnlichkeit.

Plötzlich reist ihn eine Frauenstimme aus seinen Gedanken:

«Guten Tag, sind sie nicht Monsieur Jean Baptist der Schriftsteller?»

«Ja, ja, der bin ich!»

Antwortet Jean unsicher. Die Dame im roten Bikini fängt gleich an zu plaudern:

«Oh, das freut mich sehr. Wissen sie, ich habe schon einige Romane von Ihnen gelesen wie: im Schatten der Gerechtigkeit, das Nest der Nachtigall, die singende Frau. Machen sie hier Ferien?»

Jean mustert die Dame mit einem Lächeln:

«Nein, nein, ich schreibe einen Roman und Ägypten dient mir als Inspiration.»

«Das finde ich toll, und wie heisst der Roman?»

Verlegen antwortet   Jean:

«Nun, ich pflege nie einen Titel preiszugeben, wenn das Buch noch nicht geschrieben ist. Es können durchaus beim Schreiben Änderungen stattfinden.»

«Oh, das tönt spannend. Ich wünsche ihnen eine inspirationsreiche Zeit hier im Hotel!»

«Danke Madam!»

Nach dieser kurzen Konversation wendet er seinen Blick Richtung «seiner» Klippe. Dort bleibt die Schreibmaschine stumm, der Stuhl leer, und der Sonnenschirm steht beschützend über diesem schriftstellerischen heiligen Ort. Der Tag zieht weiter. Und Jean Baptist bleibt im Café, um zu sein. Zwischendurch greift er zum Stift und schreibt seine Gedanken zu Papier. Er ist so versunken in seinen Gedanken, als wäre er an einem anderen Ort. Der Morgen vergeht, der Nachmittag vergeht und er sitzt immer noch im Strand-Café. Nichts lässt in stören – er ist abwesend.

Bald neigt sich der Tag dem Ende zu, und der Abend bricht schnell herein. Die Gäste packen ihre Badesachen ein und ziehen langsam zu ihren Zimmern und Bungalows. Nur Jean Baptist bleibt im Strandcafé sitzen und grübelt über das Gespräch mit Achmet und George weiter nach. Nach einer Weile wird er aus seinen Gedanken gerissen:

«Monsieur Baptist - Monsieur Baptist - das Café schliesst jetzt, und um 19:00 Uhr wird das Abendessen serviert!»

Wie aus dem Schlaf des Gerechten gerissen, schaut Jean - Achmet mit grossen Augen an - steht auf und macht sich still auf zu seinem Bungalow, um sich frisch zu machen. Es ist bereits dunkel, als er sich zum Speisesaal aufmacht - um sich in die Schlacht am Buffet zu werfen.

Fünfter Tag

Teil des Ganzen

Der Morgen des fünften Tages bricht an, ein weiches, fast zärtliches Licht durchflutet den Himmel über dem Roten Meer. Die Wellen, die die ganze Nacht in einem sanften Rhythmus gegen die Klippen geschlagen haben, sind stiller geworden. Es ist, als ob die Welt für einen Moment innehält, bevor sie wieder in ihre alltägliche Bewegung zurückkehrt.

Jean Baptist steht bereits an der Klippe und blickt auf das Meer, das immer noch in der Dämmerung liegt, ruhig und majestätisch. Er hatte eine gute erholsame Nachtruhe. Der Wind hat sich gelegt, aber die Luft ist warm und salzig. Es ist ein Moment, der fast magisch wirkt, der Übergang von der Nacht zum Tag, von der Stille zum Leben.

«Bonjour Monsieur Baptist.»

Jean dreht sich um, und der Kellner steht am kleinen Tisch und mit einem breiten Grinsen strahlt er ihn an:

«Guten Morgen Achmet, hast du gut geschlafen?»

«Ja, das habe ich! Ich bringe ihnen wieder frischen Orangensaft und ein paar Datteln!»

«Das ist sehr aufmerksam von dir, merci - merci Achmet!»

Für Jean Baptist ist und war Achmet, ein geistreicher Begleiter. Der ihm geholfen hat, die Wahrheit über den Fluss und Tanz des Lebens zu erkennen. Jean nimmt einen grossen Schuck von dem feinen frisch gepressten Orangensaft und meint:

«Achmet, wir zwei leben in zwei verschieden Kulturen, mit verschiedenen gesellschaftlichen Ansichten. Trotzdem unterscheiden sich unsere Lebensvorstellungen in keiner Weise. Jeder möchte sein Leben erleben, wie er es gerne möchte. Leider ist dies nicht immer möglich, weil es für jeden Menschen vorgegeben ist.»

Achmet streckt seinen rechten Arm Richtung der Badegäste am Strand aus und bekräftigt:

«Gut möglich, aber das Leben hat immer eine andere Weise sich zu zeigen. Es geht nicht darum, zu wissen, es geht darum, zu erleben.»

«Das sag ich doch, Achmet!»

der Schriftsteller sieht ihn an, und plötzlich spürt er eine tiefe Verbundenheit. Es ist keine Antwort, die er sucht, sondern das Vertrauen, dass das Leben in seiner Unvorhersehbarkeit und Fliessfähigkeit genau das ist, was es sein soll. Der Fluss geht weiter, der Tanz des Lebens dreht sich weiter, und es gibt keinen endgültigen Schluss.

Ein nachdenklicher Jean Baptist betrachtet die Badegäste am Strand und stellt fest:

«Aus dem Leben, das sich immer wieder neu entfaltet, zeigt sich die Wahrheit.»

Jean wendet sich ab und geht langsam in die Richtung des kleinen Weges, der ihn wieder zum Café führt. Der Moment ist still, fast schon heilig, aber es ist auch ein Moment des Übergangs. Wie der Tag, der gerade erst beginnt und der gleichzeitig das Ende der Nacht bedeutet. Er fühlt sich nicht schwer, sondern leicht. Wie ein Teil des Ganzen.

Als er den Tisch erreicht, setzt er sich wieder auf den freien Stuhl. Er schliesst die Augen, lässt die Gedanken fliessen, ohne sie festzuhalten. Der Fluss des Lebens bewegt sich weiter, und er ist Teil von ihm. Der Tanz, der immer noch in ihm schwingt, nimmt keine Pause. Aber jetzt weiss er, dass es auch nicht nötig ist, eine Antwort zu finden. Es gibt keinen Schluss. Kein Ende. Nur der Moment.

Und in diesem Moment ist alles, was er braucht bereits da. Er ist der Tanz. Der Fluss. Und das Sein.

Der Abend am fünften Tag

Der letzte Moment (In der Gegenwart)

Die Sonne des Tages neigt sich langsam dem Horizont entgegen. Das Rote Meer breitet sich in einem goldenen Schimmer vor dem Schriftsteller aus, der an seinem Tisch unter dem Sonnenschirm sitzt. Der Wind hat nachgelassen, und die Wellen brechen nun sanft an der Klippe. Es ist ein Moment der Ruhe, der beinahe gespenstisch wirkt.

Jean Baptist sieht hinüber zu dem Stuhl, der leer ist. Aber das ist nicht mehr wichtig:

«Es fühlt sich seltsam an»

bemerkt er; seine Stimme klingt leise, fast nachdenklich:

«Ich habe dich erschaffen, George, und doch bist du mehr als das, was ich dir gegeben habe.»

Kaum hat er seinen Satz leise ausgesprochen, steht George plötzlich wieder vor ihm. Seine Augen, die früher in der Vorstellung des Schriftstellers festgehalten waren, sind jetzt scharf und klar. Mit einem Lächeln meint er zu Jean:

«Und doch bin ich nicht mehr der, der ich war. Du hast mir den Weg gezeigt, und jetzt gehe ich ihn selbstständig. Aber was bleibt von dir, wenn du mich loslässt?»

Jean Baptist atmet tief ein, schaut auf das Meer hinaus. Er spürt eine Leere in sich, eine leichte Unsicherheit:

«Vielleicht ist es das - George - was uns beide definiert. Wir sind das, was wir loslassen. Was wir hinter uns lassen, wenn wir uns selbst erkennen.»

George sieht ihn an, als würde er versuchen, all das zu begreifen:

«Und was bleibt von uns, wenn wir uns selbst erkennen?»

Jean Baptist streicht sein Kinn:

«Vielleicht bleibt nur der Moment, nur der Augenblick des Erkennens. Und in diesem Moment liegt alles.»

Es ist ein Moment, in dem alles zusammenkommt, das Meer, der Himmel, die Worte, die zwischen ihnen schweben. Es gibt keine Trennung mehr. Jean Baptist fühlt sich, als wäre er selbst Teil dieses Flusses, der aus der Vergangenheit in die Gegenwart und weiter in die Zukunft strömt. Er kann nicht mehr sagen, wo seine Gedanken aufhören und Georges beginnen.

«Alles, was wir waren und alles, was wir hätten sein können?»

Fragt George leise - und Jean Baptist nimmt einen tiefen Atemzug erklärt:

«Vielleicht, aber auch alles was wir nicht sind. Alles, was wir noch nicht verstehen.»

Die Stille wächst zwischen ihnen. Der Wind ist verschwunden, die Welt hat den Klang des Meeres übernommen. Jean Baptist blickt zu George, der nun direkt vor ihm steht, und erkennt, dass er nicht mehr der

Erfinder einer Geschichte ist, sondern nur ein Teil der gleichen Frage, die George stellt:

«Möglicherweise haben wir nie wirklich etwas kontrolliert.»

meint Jean Baptist nach einer langen Pause.

«Vielleicht waren wir immer nur Teil des gleichen Flusses. Du – ich - der Wind - das Meer. Es gibt nichts, was wir festhalten können. Nur den Moment, in dem wir erkennen, dass wir hier sind.»

George nickt, und der Blick in seinen Augen ist so ruhig wie das Meer vor ihnen.

«Und was passiert jetzt?»

fragt er, als würde er die Frage nicht nur an den Schriftsteller richten, sondern an die gesamte Welt.

«Vielleicht passiert nichts?»

Meint Jean Baptist:

«Vielleicht passiert alles. Aber das ist nicht mehr in unseren Händen.»

Sie stehen nebeneinander, als der Sonnenuntergang sich in die Dämmerung verwandelt und die Farben des Himmels sich in sanftem Purpur und Blau auflösen. Jean Baptist fühlt, wie die letzte Wärme des Tages sich mit einer seltsamen Kühle vermischt, die ihn durchdringt.

«Morgen ist auch noch ein Tag.»

Entgegnet Jean Baptist schliesslich. George bleibt stumm. Er dreht sich einfach um, blickt auf das weite Meer, wo der Horizont das Unendliche berührt. Jean Baptist spürt, dass er jetzt loslassen muss. Die Geschichte ist nicht mehr seine - sie ist Georges – sie ist ihre beider.

Jean Baptist erhebt sich langsam von seinem Stuhl:

«Vielleicht ist es gut so, vielleicht haben wir nie wirklich etwas kontrolliert. Vielleicht war alles nur ein Moment, der sich immer wiederholt. Ein Fisch der fliegen will, kann mal kurz sein Medium verlassen, er muss immer wieder zurück in sein Reich, das Wasser!»

George bleibt ruhig. Die Stille ist jetzt alles, was bleibt. Jean Baptist weiss, dass auch er jetzt ein Teil dieser Stille ist nicht mehr der Erzähler, sondern einfach jemand, der da ist, in diesem Moment, in diesem Raum zwischen den Wellen und der Dämmerung. Die Geschichte hat sich aufgelöst. Vielleicht ist sie nie wirklich zu Ende, sondern lebt weiter in diesem Augenblick, in dieser Gegenwart.

Und dann verschwindet George, oder vielleicht geht er einfach weiter, ohne dass Jean Baptist es bemerkt. Der Wind kommt zurück, die letzten Wellen brechen an der Klippe. Jean Baptist bleibt noch einen Moment stehen, den Blick in die Ferne gerichtet.

«Morgen ist auch noch ein Tag!»

Spricht er leise zu sich, auch das ist nur eine offene Frage im Raum.

ENDE

Reflektion und Zitate

Anselm Grün

einem bekannten deutschen Benediktinerpater

Die Frage «Sein oder Nichtsein» ist ein zeitloses Symbol für existenzielle Grübeleien. Sie steht nicht nur für Leben und Tod, sondern auch für den Raum dazwischen - jenes oft unsichtbare, aber tief bedeutende Spektrum menschlicher Erfahrung, das das Leben ausmacht. Dieser Zwischenraum ist komplex, voller Möglichkeiten, Ambivalenzen und Übergänge, die das Dasein definieren.

Das «Sein» repräsentiert die bewusste Präsenz, das Streben nach Sinn, die Freude und den Schmerz, die unseren Alltag füllen. Es ist der Zustand, in dem wir uns als Subjekte wahrnehmen, mit Zielen, Ängsten und Hoffnungen. Im Gegensatz dazu steht das «Nichtsein», das zunächst bedrohlich wirkt, weil es Endlichkeit, Vergänglichkeit oder das völlige Fehlen von Bewusstsein bedeutet. Doch dieses «Nichtsein» kann auch eine Befreiung sein - vom Schmerz - von Zwängen - oder ein Raum der Transformation, der uns neue Perspektiven auf das Leben eröffnet.

Zwischen diesen Polen liegt ein schmaler Grat: das Unentschiedene, das Unklare, das Fragende. Hier existieren Zweifel, Übergangsmomente, und das Werden.

Dieses «Dazwischen» ist nicht weniger wichtig als die Extreme. Es ist der Raum der Reflexion, der Unsicherheit, aber auch der Kreativität. Leben bedeutet häufig, in diesem Raum zu navigieren, Entscheidungen zu treffen, ohne je sicher zu wissen, ob sie richtig sind.

Das Dazwischen zeigt uns, dass die klare Trennung zwischen Sein und Nichtsein oft eine Illusion ist. Vielleicht sind sie keine Gegensätze, sondern vielmehr zwei Seiten derselben Medaille, die sich gegenseitig bedingen. Das Bewusstsein der eigenen Endlichkeit - des «Nichtseins» - verleiht dem «Sein» Tiefe. Gleichzeitig erfordert das Dazwischen Mut: Mut, Ungewissheit zu akzeptieren, offen zu bleiben und das eigene Leben aktiv zu gestalten, auch wenn wir nie alle Antworten haben.

In diesem Spannungsfeld liegt die wahre Essenz der menschlichen Existenz. Es ist weder das reine Sein noch das absolute Nichtsein, das uns ausmacht, es ist das Wagnis, im Dazwischen zu leben, zu hoffen, zu scheitern und neu anzufangen.

Das «Dazwischen» im Spannungsfeld von Sein und Nichtsein ist ein faszinierender und oft übersehener Bereich der menschlichen Existenz. Es ist kein statischer Zustand, sondern ein dynamischer Raum, in dem sich Möglichkeiten entfalten, Grenzen verschwimmen und die scheinbare Klarheit der Extreme hinterfragt wird. Dieses Dazwischen ist nicht einfach nur eine Übergangsphase - es ist eine zentrale Dimension des Lebens selbst.

Stefanie Stahl

Sie ist eine bekannte deutsche Psychotherapeutin und Autorin

Ambivalenz und Unsicherheit

Das Dazwischen ist geprägt von Unsicherheit. Es ist der Raum, in dem wir weder ganz sicher sind, wer wir sind, noch genau wissen, wer wir sein wollen. Es ist ein Zustand der Ambivalenz, in dem wir uns oft zerrissen fühlen - zwischen Entscheidungen, Gefühlen, oder unterschiedlichen Rollen, die wir im Leben einnehmen. Diese Unsicherheit kann beängstigend wirken, doch sie ist auch der Ursprung von Wachstum. Im Dazwischen entstehen Fragen, und mit ihnen die Chance, neue Antworten zu finden.

Harald Lesch

einem deutschen Astronomen, Physiker und Philoso-
phen.

Übergänge und Wandlung

Das Leben ist voller Übergänge: Kindheit und Erwach-
senwerden, Leben und Tod, Liebe und Verlust, Erfolge
und Scheitern. All diese Momente sind Dazwischen
Räume, in denen das Alte noch nicht vollständig vergangen und das Neue noch nicht greifbar ist. Diese Übergänge sind oft unbequem, aber sie haben eine transfor-
mative Kraft. Im Unklaren entsteht Kreativität eine
Möglichkeit, sich neu zu definieren oder unentdeckte Po-
tenziale zu entfalten.

Birgit Zart

Sie ist eine deutsche Psychotherapeutin

Widersprüche akzeptieren

Im Dazwischen sind Widersprüche keine Fehler, sondern ein Teil der Realität. Man kann gleichzeitig glücklich und traurig sein, stark und verletzlich, sicher und zweifelnd. Das Dazwischen fordert uns auf, diese Polaritäten nicht als Hindernisse, sondern als Facetten des Lebens zu betrachten. Diese Haltung, Widersprüche zu umarmen, erfordert Mut und eine Offenheit für die Komplexität der Existenz.

Das Dazwischen als lebendige Bewegung

Während das Sein oft mit Stabilität assoziiert wird und das Nichtsein mit einem endgültigen Zustand, ist das Dazwischen lebendig. Es ist der Fluss, in dem sich unsere Identität ständig formt und neu verhandelt wird.

Dieser Fluss ist nicht geradlinig, sondern oft chaotisch und unvorhersehbar. Dennoch ist er das, was uns vorwärtstreibt - nicht nur in Richtung eines Ziels, sondern in die Tiefe unserer eigenen Erfahrungen.

Richard Stiegler

Heilpraktiker, Psychotherapeut

Ein Raum der Freiheit

Das Dazwischen ist auch ein Raum der Freiheit. Es bietet die Möglichkeit, alte Vorstellungen loszulassen, ohne sich sofort neuen anzupassen. Dieser Freiraum erlaubt es, sich auszuprobieren, Alternativen zu erkunden und die Welt aus anderen Perspektiven zu betrachten. Diese Offenheit macht das Dazwischen nicht nur beängstigend, sondern auch aufregend und voller Potenzial.

Urs Schönholzer

Eid. Dipl. Pharmaberater

Raum und Zeit

Raum und Zeit gehören untrennbar zusammen. Raum ohne Zeit gibt es nicht. Zeit ohne Raum gibt es nicht. Das erklärt die moderne Physik heute, gestützt zur Relativitätstheorie von Albert Einstein. Raum und Zeit sind nicht unabhängig voneinander, sondern bilden gemeinsam das Raum- Zeit- Kontinuum. Die Zeit ermöglicht Bewegung und Veränderungen im Raum.

Die wahre Zeit ist nicht die, die der Mensch erschaffen hat. Die wahre Zeit ist vielleicht einfach nur das Sein selbst – unveränderlich und unberührt von menschlicher Interpretation – kosmische Zeit, das heisst ausserhalb unseres Bewusstseins.

Ich bin Fisch und will fliegen

Fliegende Fische gibt es tatsächlich. Mit ihren grossen fordern Flossen, können sie aus dem Wasser springen und bis zu 200 m fliegen, um den Fressfeinden zu entkommen.

Der fliegende Fisch wird oft als Metapher für Selbstverwirklichung oder das Überwinden von Grenzen verwendet. In der Philosophie steht der fliegende Fisch für die Sehnsucht nach dem Unmöglichen, oder für jemanden, der sich in einer Umgebung unwohl fühlt und aus diesem Sein oder nicht Sein ausbrechen will. Der fliegende

Fisch ist auch ein Symbol für Veränderungen und Träume.

Platon und das Höhlengleichnis

Platon beschreibt im Höhlengleichnis (Politeia, Buch VII) Menschen, die in einer Höhle leben und nur Schatten sehen, bis einer von ihnen die Höhle verlässt und das wahre Licht erkennt. Ein Fisch, der fliegen will, könnte mit jemandem verglichen werden, der seine Welt verlässt, um eine neue, grössere Realität zu entdecken.

Platons Höhlengleichnis (Politeia, Buch VII, 514a–520a)

Sokrates spricht mit Glaukon:

„Stell dir Menschen vor, die in einer unterirdischen Höhle wohnen. Seit ihrer Kindheit sind sie dort, mit Ketten an Beinen und Hals gefesselt, sodass sie nur geradeaus auf eine Wand blicken können. Hinter ihnen, aber für sie unsichtbar, brennt ein Feuer. Zwischen dem Feuer und den Gefangenen gibt es eine Mauer, ähnlich einer Theaterbühne, hinter den Menschen verschiedene Gegenstände tragen – Statuen von Menschen und Tieren, aus Holz und Stein."

„Von diesen Menschen können die Gefangenen nur die Schatten an der Wand sehen, die das Feuer hinter ihnen wirft. Da sie niemals etwas anderes erlebt haben, halten sie diese Schatten für die Realität."

„Nun stelle dir vor, einer der Gefangenen wird befreit. Zuerst ist er verwirrt, wenn er sich umdreht und das

Feuer sieht. Das Licht blendet ihn, und er kann nicht glauben, dass die Dinge, die er nun sieht, realer sind als die Schatten an der Wand."

„Würde man ihn nun nach draussen führen, ins Sonnenlicht, wäre er zunächst völlig überwältigt. Seine Augen müssten sich erst an das Licht gewöhnen. Zuerst könnte er nur Schatten und Spiegelungen im Wasser erkennen, dann langsam die Dinge selbst. Schliesslich würde er in den Himmel blicken können und die Sonne als Quelle allen Lichts und Lebens erkennen."

„Wenn er nun in die Höhle zurückkehrte und versuchte, seine früheren Gefährten zu befreien, würden sie ihm nicht glauben. Sie würden ihn für verrückt halten, vielleicht ihn sogar töten, weil seine Worte ihre gewohnte Realität bedrohen."

Bedeutung des Gleichnisses

Platon benutzte dieses Gleichnis, um zu erklären, dass die meisten Menschen in einer Welt der Illusionen leben, in der sie nur einen zerstörten Teil der Wirklichkeit wahrnehmen. Der Aufstieg aus der Höhle symbolisiert den Weg zur Erkenntnis und Wahrheit, wobei die Sonne für die höchste Form des Wissens steht – die Idee des Guten.

Danksagung

Es liegt mir am Herzen, all denen zu danken, die mir mitgeholfen haben, meine Novelle zu schreiben und zu der Veröffentlichung meines Buches.

Ganz besonderen Dank an Ursula Wintsch von Mönchaltorf, Autorin von Kriminal Romanen. Sie ist mir mit Rat und Tat zu Seite gestanden, für das Gelingen meines Erstlingswerkes «der Schriftsteller»

Auch ein besonderer Dank an Silvia Hofer, Fusspflege und kosmetische Zahnaufhellung in Mönchaltorf, sie hat sich gleich miteingebracht und mein Werk an ihre Kunden weitergegeben.

Ganz besonderer Dank geht an meinen Freund Rainer Selk, aus Otelfingen, selber auch Autor mit dem Thema «Der Nächste». Als deutschsprachiger, konnte er mir besonders helfen, in Grammatik und Bildung von Sätzen.

Herzlichst

Urs Schönholzer